Gerald Wilfling
MISOSHIRU – Ein Tiroler in Japan

Gerald Wilfling

MISOSHIRU – Ein Tiroler in Japan

Autobiographische Erzählung

Herstellung und Verlag:
BoD – Books on Demand, Norderstedt

ISBN: 9783749484522

1. KAPITEL

Die Motoren summten leise. Schlecht hatte ich geschlafen, und jetzt, da ich auf die Uhr schaute, merkte ich, dass es nicht einmal zwei Stunden waren. Mein Nacken schmerzte und ich wusste schon nicht mehr, wie ich meinen Kopf halten sollte, denn auf dem für einen Flugzeugsitz recht unbequemen Ding, rollte er mir ständig auf irgendeine Seite. Die Verdunkelungsblenden waren heruntergezogen um das gleißende Licht abzuhalten. Ich öffnete eine, doch die an die Dunkelheit gewöhnten Augen sahen kaum etwas und der dumpfe Schmerz in meinem Kopf veranlasste mich, es sofort wieder zu schließen. Meine Uhr zeigte 12 Uhr 34, und obwohl ich erst siebeneinhalb Stunden unterwegs war, war ich doch schon träge und zu jeder Bewegung zu faul. In meinem Rucksack unter meinem Sitz hatte ich einen von meiner Mutter wohlgemeinten Lebensmittelvorrat an eineinhalb Kilo Birnen, Bananen, in einer Plastikdose mit viel Stanniolpapier umwickelten Kuchen und einen Sack Pasta, denn „echte italienische Ravioli wirst du ja sicher lange nicht mehr zu essen bekommen", wie mir meine Mutter beim Abschied sagte. Wie hatte ich mich doch gesträubt, das alles mitzunehmen, doch jetzt, da ich diese Dinge unter mir im Rucksack wusste, wurde ich fast sentimental und war glücklich, sie doch eingepackt zu haben. Zwei Bücher hatte ich auch noch dabei und überdies Unterlagen von einem zwei Monate lang besuchten Japanischkurs. Wie immer, wenn ich eine lange Reise antrat, hatte ich mir vorgenommen, viel zu lesen und diesmal besonders meinen immer noch spärlichen auf vielleicht vierzig japanische Wörter beschränkten

Wortschatz mit Lernen zu erweitern. Doch wie auf jeder Reise hatte ich auch diesmal nach kurzer Zeit alles wieder fein säuberlich verstaut und mich auf meine Lieblingsbeschäftigung, das Tagträumen, verlegt. Wie weit war ich doch schon weg von zu Hause. Eigentlich hatte ich bereits, als ich am Münchner Flughafen an Bord ging, das Gefühl, nicht mehr in dieser alten, damals hatte ich noch gedacht engen Welt Europa zu sein. Irgendwie stimmte das auch. Mit dem Besteigen des Flugzeuges war es, als wäre ich in die Welt eines Kinofilmes gerutscht – nur dass es für unvoraussehbare Zeit kein Entkommen aus dieser noch kaum begonnenen Filmwelt gab.

Mein ganzes Leben, vierundzwanzig Jahre lang, hatte ich bis auf sechs Monate Sprachaufenthalt in Großbritannien, eingekeilt im kleinen westlichen Teil Österreichs, in Tirol verbracht. Mit sechzehn hatte ich das erste Mal durch den Einfluss meiner damaligen recht hübschen Englischlehrerin etwas von der weiten, in meiner Heimat nicht nur durch die Berge begrenzten Welt gespürt. Und seit damals wuchs auch in mir der Traum, endlich einmal aus meinem schönen, heilen Leben auszubrechen. Doch ganz so einfach war das gar nicht, denn zum Ersten musste ich noch zwei lange Jahre die Schulbank drücken, und zum Zweiten hatte ich auch noch kaum gearbeitet, und somit stand meinem ersten Fluchtversuch vorerst alles im Wege. Aber der Wunsch danach schlief in mir, und wenn ich mit meinen Freunden darüber sprach, lachten alle, denn kaum jemand verspürte dasselbe Bedürfnis. Der Schulabschluss nahte. Obwohl es hieß, von meiner heimlich verehrten Englischlehrerin Abschied zu nehmen, so bedeutete es auch eine bisher kaum gekannte Freiheit.

Als ich dann den nach zwei Monaten hart verdienten Arbeitslohn endlich in den Händen hielt, juckte es mich, und nachdem ich meine Eltern vom ernsten Willen, in London Englisch lernen zu wollen, überzeugt hatte – ich weiß immer noch nicht, wie mir das gelungen war –, gab es nur noch die Angst vor dem Ungewissen, das auf mich zukam, in mir. Doch als ich mich an einem Sprachcollege angemeldet hatte und der größte Teil meines ersten selbstverdienten Geldes durch eine Anzahlung im Nu weg war, gab es kein Zurück mehr. Und dieser Schritt sollte mein ganzes Leben, bis zum heutigen Tag, bestimmen und in eine Bahn werfen, die ich wohl zu jener Zeit nie hätte ahnen können – denn dort traf ich meine erste und bis jetzt auch einzige große Liebe, Satoko, eine Japanerin.

Es war an diesem regnerischen Montagabend Mitte Februar, als ich und mein damaliger italienischer Freund Pietro diesen allwöchentlichen Kaffeeabend unserer Sprachschule aufsuchten. Pietro war an diesem Abend nicht recht begeistert von der Idee, dort hinzugehen, und nur meiner Überredungskunst war es zu verdanken, dass er sich doch entschloss, mich zu begleiten. Als wir eintrafen, war es überraschend still im untersten Stock unserer Schule, wo dieses Treffen immer stattfand. Ich öffnete rein zufällig die Tür zu einem der Klassenzimmer und spähte hinein, und da war es auch schon zu spät. Ich hätte mir denken können, dass etwas faul an der ganzen Sache war, doch jetzt, da wir von Lehrern und den spärlich gekommenen Schülern gesehen worden waren, gab es kein Zurück mehr. Es war einer dieser langweiligen Spielend-lernen-Abende, die wir immer zu vermeiden trachteten. Pietros Gefühl hatte ihn also nicht getäuscht und ich konnte verstehen, dass er recht schlecht auf mich zu sprechen war. Als wir eintraten, fand gerade die Partnersuche für ein neu beginnendes Wörterkettenspiel statt, und wie es der Zufall so wollte, kamen dieses damals so klein und zierlich erscheinende japanische Mädchen Satoko und ich zusammen. Es stellte sich heraus, dass wir schon seit über einem Monat Klassenkollegen waren, nur hatte ich bis jetzt eigentlich noch nie so richtig Notiz von ihr genommen. Ich muss ehrlich gestehen, dass ich mich von diesem Moment an kaum noch an etwas erinnern kann, denn als wir so am Boden nebeneinander saßen und Wörter aufschrieben, konnte ich plötzlich außer ihr nichts mehr sehen und nichts mehr hören. Es war wohl wirklich "Liebe auf den ersten Blick".

Von dort an sahen wir uns fast jeden Tag und unsere Long-Distance-Beziehung begann, denn nach knapp vier Wochen musste ich zurück nach Österreich.

Während dieser Zeit schrieben wir uns viel, manchmal fünf und noch mehr Briefe pro Woche, und meine Liebe zu Satoko und auch das Briefeschreiben selbst ließen mich diese eher unangenehme Zeit relativ gut überstehen. Der Ernst des Lebens, das Arbeitsleben, stand unweigerlich vor mir, und da ich eigentlich gar keine Wahl hatte, begann ich bald darauf in einer großen internationalen Firma als Büroangestellter mein kleines Dasein für den großen Traum zu fristen.

Meine Eltern hatte ich recht langsam und ganz gut auf das erste Treffen mit meiner Freundin vorbereitet, aber eigentlich war das von vornherein kein Problem, denn sie waren und sind immer noch recht liberal und ließen mir schon in den etwas stürmischen früheren Jahren viele Freiheiten, die andere in diesem Alter nicht hatten.

Die nächsten drei Jahre verbrachten Satoko und ich getrennt, ich in Tirol und Satoko in London, wir sahen uns jedoch recht häufig und schrieben uns wie immer unaufhörlich Briefe. Auch als sie sich entschied, nach drei langen Jahren nicht nach Japan zurückzukehren und stattdessen in Wien für über ein Jahr noch Deutsch zu lernen, änderte das nicht viel an unserer Situation, denn auch hier konnten wir uns außer am Wochenende kaum sehen. Während all dieser Jahre hatte ich meinen großen Traum, noch einmal eine zeitlich unbegrenzte Reise zu unternehmen, nicht aufgegeben. Er schlummerte in mir, und nur manchmal, wenn mich mein kleines Büro, meine Arbeit oder ganz einfach mein Leben anwiderten, kam mir der Gedanke, alles hinzuwerfen und abzuhauen. Doch wohin? Ohne Satoko konnte ich mir in der Zwischenzeit kaum noch ein Leben vorstellen. Langsam rückte noch dazu das Ende der Zeit in Europa für meine Freundin näher, und als sie den Termin ihrer Rückkehr auf Anfang März festsetzte, kündigte ich kurzerhand und entschied mich, das Abenteuer Japan anzugehen.

Ich muss zugeben, dass ich mich schon einige Monate vorher mit dem Gedanken getragen hatte, doch eine einmal nicht sprachverwandte Sprache zu lernen. Eines Tages nun, ich glaube es war so im September, fand ich ganz zufällig in unserem Briefkasten eine Broschüre der Volkshochschule Innsbruck und unter anderen Sprachen gab es auch einen Anfängerkurs für Japanisch. Ich erinnere mich noch genau, wie eilig ich es plötzlich hatte, mich dort anzumelden, denn womöglich war die Maximalteilnehmerzahl schon überschritten. Ganz so war es dann doch nicht. Kaum fünf Leute hatten sich bis jetzt dafür interessiert und unter diesen befand sich noch dazu der Ehemann der in Österreich lebenden Japanerin Ayako, welche den Kurs führte. Ihr Unterricht war angenehm und ihre vielen Erzählungen über Leute, Land und

Kultur in Japan machten das Lernen einfach und interessant. Dennoch dauerte es nur ganze zwei Monate, bis der Kurs mangels Teilnehmern wieder sein Ende fand. Bis dahin hatte ich jedoch schon die einfachste Grammatik und einige wichtige Phrasen gelernt, und heute denke ich, dass dies der wirklich ausschlaggebende Grund für meine Entscheidung, Satoko nach Japan zu begleiten, war.

Je näher der Abschiedstag kam, desto bewusster nahm ich meine Umgebung wahr, denn für wie lange ich meine Heimat, die schönen Berge, meine Familie und Freunde und einfach die friedliche Atmosphäre nicht mehr sehen und fühlen könnte, wusste ich damals noch nicht. Als Ende März mein letzter Arbeitstag kam, spürte ich Erleichterung, aber auch den Druck, ob ich es auch wirklich schaffen könnte und nicht schon nach ein paar Monaten wieder enttäuscht zurückkommen würde. Ich muss eingestehen, dass ich auch Angst hatte. Angst vor dem Ungewissen, dem fremden Land, so weit weg von jeder Hilfe meiner Eltern, mit denen ich bis jetzt gelebt hatte, den Schwierigkeiten und einfach Angst vor der Größe der Welt. Ich würde das erste Mal auf mich ganz allein gestellt sein in einem Land, dessen Sprache ich nicht konnte, dessen Kultur mir fremd war. Satoko hatte schon Anfang März Abschied genommen und war nach über fünf Jahren weg von ihrer Heimat zurückgekehrt nach Japan. Sie stammte aus Osaka, einer Stadt, von der ich eigentlich nur schlechte Dinge gelesen und gehört hatte. Luftverschmutzung plage die Leute und machte das Leben schwer, Menschenmassen in Zügen, U-Bahn-Stationen und Geschäften schon in den frühen Morgenstunden ließen Stress aufkommen, Grünanlagen, geschweige denn da und dort einen Baum gäbe es kaum, und Motorradgangs und Yakuza, die japanische Mafia, würden in den Nächten die Stadt tyrannisieren. Oder waren das doch nur alles Vorurteile und Schauermärchen? Auf jeden Fall gab es jetzt kein Zurück mehr. Drei Wochen hatte ich noch bis zum endgültigen Abschied und die wollte ich, neben meinen Reisevorbereitungen, mit Schifahren und Ausgehen verbringen. Das tat ich dann auch und genoss meine letzten Tage in meiner Heimat.

14. April: Der große Tag war da. Schon Tage vorher hatte ich mit dem Herrichten und Packen meiner Sachen begonnen und brachte es bis zu meinem Abreisetag auf stattliche 23 kg, aufgeteilt auf einen großen Koffer und einen Tramperrucksack den ich neu gekauft hatte. Dank meiner Mutter kam dann auch noch ein Anzug dazu. Wenn es nach mir gegangen wäre, wäre ich nur mit zwei Paar Jeans und meinem Jogger gefahren, aber mit „in Japan trägt doch jeder einen Anzug, du wirst schon sehen", war ich zwar immer noch nicht von der Wichtigkeit eines Anzugs überzeugt, aber überredet. Als ich dann um 7:00 Uhr früh mein Gepäck aufnahm und vor unser Haus, in dem ich aufgewachsen war, trat, war mir doch recht mulmig zumute, fast melancholisch. Überaus schwerer fiel mir der Abschied von meiner damals erst 15-jährigen Schwester Nina, die mich nicht wie meine Eltern zum Flughafen München-Riem begleitete. Endlich saß ich auf dem Rücksitz unseres Autos und von niemandem beobachtet, wischte ich mir dann doch eine Träne aus den Augen. Am Flughafen ging alles recht schnell und nach vielen Umarmungen und Küssen meiner Eltern war ich allein.

Und jetzt saß ich im Flugzeug. München – Paris – Anchorage – Tokyo – Osaka. 21 Stunden Reisezeit und bis jetzt waren noch nicht einmal ganz acht Stunden vergangen. Die verdunkelte Kabine des Flugzeuges und das leise Zischen der Klimaanlage gaben mir das Gefühl von Ruhe, und in der Abgeschlossenheit fühlte ich mich nach all dem Stress und der Aufregung der letzten Tage geborgen. Neben mir saß zusammengekauert ein kleines, etwas rundliches Mädchen und ich sah ihr an, dass auch sie den Flugzeugsitz nicht besonders bequem fand. Ich muss dann endlich etwas eingeschlafen sein,

denn als ich aufwachte, roch es nach Kaffee und die Stewardess reichte gerade ein Tablett mit dem Abendessen herüber. Oder war es doch das Frühstück? Ich hatte jegliches Zeitgefühl verloren, und da mir schrecklich langweilig war, begann ich mit meiner Sitznachbarin zu plaudern. Es handelte sich mehr um eine Zeichensprache als eine Konversation. Jedenfalls war ihr Name Michie, so viel konnte ich herausbekommen. Ihr flaches, etwas blasses Gesicht passte recht gut zu ihrem übrigen Aussehen und ihre tief schwarzen dauerwellgelockten, langen, wie eine Löwenmähne aufgebauschten Haare ließen ihren Kopf noch größer erscheinen. Sie hatte gerade als Austauschstudentin zwei Monate in München Deutsch gelernt, doch da uns schon ermüdet durch den Flug und auch aus Mangel an Wörtern die Kommunikation etwas schwerfiel und ermüdend war, zückte ich aus meinem Rucksack unter meinem Sitz mein kleines Reiseschach. So verbrachten wir die nächsten Stunden angeregt mit Schachspielen und die Zeit verging fast wörtlich genommen wie im Flug. Als dann endlich die Meldung des Piloten, dass wir im Landeanflug auf Tokyo seien, durch die Bordsprechanlage kam, waren meine Müdigkeit und Trägheit im Nu vergangen. Noch einmal gingen mir meine Zweifel durch den Kopf. Würde ich mich als Junge vom Land im Dschungel der Großstadt zurechtfinden, mich an das Leben und die fremde Kultur anpassen können? Wie würden mich, den Gaijin, die Leute behandeln? Was würden Satokos Eltern denken, wenn ich plötzlich auftauchte und mich als Freund ihrer Tochter vorstellte? Es ist unmöglich, mich an all das, was mir damals durch den Kopf ging, zu erinnern, aber Angst vor dem Ungewissen beschreibt vielleicht am besten, was ich fühlte.
Dann ging alles recht schnell, und nach einem kurzen Zwi-

schenstop am Flughafen Narita in Tokyo und einem weiteren anderthalbstündigen Flug Richtung Süden nach Osaka setzten wir endlich am Flughafen Itami auf. Meine Traumwelt Japan war Wirklichkeit geworden.

Es war heiß, als ich aus dem Flugzeug stieg, und die Luft atmete sich weich und leicht, wahrscheinlich durch die hohe Luftfeuchtigkeit, die sich auf der Inselwelt Japan durch das nahe gelegene Meer ergab. Der Flughafen selbst war kaum anders als die wenigen Anderen, die ich bis jetzt gesehen hatte, jedoch überraschenderweise für eine Drei-Millionen-Stadt und Metropole wie Osaka mit einem Einzugsgebiet von über fünfzehn Millionen Leuten relativ klein. Einen Tag vor meiner Abreise hatte ich Satoko noch einmal angerufen, und sie versicherte mir, mich vom Flughafen abzuholen. Ich hoffte innig, sie würde auch wirklich da sein. Ich hatte das Gefühl, dass ich mich für die ersten Tage wohl ohne sie nicht allein auf die Straße wagen würde, aus Sorge, gleich verloren zu gehen. Ich folgte den anderen Passagieren meines Fluges zur Passkontrolle und trat, nachdem ich mein Gepäck abgeholt hatte und am Zoll vorbei war, nach draußen in die Ankunftshalle.

Das Erste das mir auffiel, war, dass ich plötzlich weit und breit der einzige Ausländer war, umgeben von Hunderten auf andere Fluggäste wartenden Japanern. Ich fühlte mich ihren Blicken ausgesetzt und unwohl. Plötzlich war ich das Tier im Zoo, so ging es mir durch den Kopf. Einige der Leute starrten mich auch unverhohlen mit großen Augen an. Trotz der vielen Leute erkannte ich Satoko sofort. Erleichterung. Wir umarmten uns, doch was war das? War sie nicht ein wenig zu kühl und abweisend? Warum bekam ich keinen Kuss? Da war wieder der alte eifersüchtige Gerald. Ich musste über mich lächeln. Irgendwie verdrängte ich es dann und schob diese dummen Gedanken meiner Müdigkeit zu.

Aus ihren früheren Erzählungen wusste ich, dass Satoko ganz

in der Nähe des Flughafens im Haus ihrer Eltern lebte und dort würde ich die nächsten Wochen verbringen können. Als wir so durch den Flughafen zur Bushaltestelle spazierten, fielen mir die vielen großen und bunten Neon-Werbeschilder auf. Nichts konnte ich lesen. Chinesische oder vielmehr japanische Schriftzeichen überall. Wie schon im Flughafen, gab es auch davor noch jede Menge Leute. Eine unendlich scheinende Menschenschlange wartete am Taxistand. „Verrückt", ging es mir durch den Kopf. Als wir endlich wieder ein wenig Luft um uns hatten, drehte ich mich um und starrte noch einmal auf das brodelnde Menschengewirr zurück. Pralles Netz mit zappelnden Fischen! Verrückt!

Der unerwartet alte Bus rüttelte uns durch. Draußen pfiff die fremde Welt vorbei. Immer wieder sah ich rote Lampions vor Geschäften. Konnte ich am Flughafen wenigstens noch ab und zu ein englisches Wort geschrieben finden, so wäre ich auf mich alleingestellt jetzt hoffnungslos verloren gewesen. Nicht einmal die Straßenzeichen und Wegweiser waren auf Englisch. Ich war eingetaucht in das Meer von Eindrücken, Häusern, Menschen und unlesbaren Schriftzeichen. Der Bus hielt. „Get off", hörte ich Satoko schreien. Mit all meinem Gepäck war es gar nicht so leicht, mich durch die gedrängt stehenden Menschen im Bus zu schieben. Geschafft! Der Bus war weg. Da standen wir. Ein Zug ratterte ein wenig entfernt durch die Stadt, Autos zischten vorbei. Es war heiß. Weiter. Stress.
Nachdem wir den Bahndamm überquert und hinter uns gelassen hatten, kamen wir in ein etwas ruhigeres Gebiet. Die Hochhäuser und Banken hatten kleineren, recht zierlichen, privaten Wohnhäusern mit kleinen Vorgärten Platz gemacht.

Alles war gepflegt und sauber. Endlich standen wir vor Satokos Heim, und eigentlich war es bis jetzt gar nicht so schlimm gewesen, denn von der Bushaltestelle bis hierher hatte es weniger als zehn Minuten gedauert. Als wir ankamen, arbeitete Satokos Vater gerade im Garten. „Konnichi wa. Hajimemashite", was so viel heißt wie „Guten Tag", hatte ich mir vorgenommen zu sagen. Es kam dann doch anders heraus. Jedenfalls lächelte er und sagte etwas Ähnliches. Ich schätzte ihn so auf 55 Jahre. Er war mindestens einen Kopf kleiner als ich. Sein Haaransatz war schon recht weit zurückgegangen, jedoch seine dicken, noch recht starken, kaum angegrauten Haare gaben ihm ein fast jugendliches Aussehen. Sein Gesicht war flach, freundlich. Seine etwas zusammengekniffenen Augen strahlten Wärme aus. Wir verstanden uns, jedoch die Worte fehlten dazu, denn er sprach weder Englisch noch ich Japanisch.

Vor der Eingangstür empfing uns Satokos Mutter. Sie war so um die Fünfzig, noch kleiner als Satoko, und es war ihr anzusehen, dass sie Spaß liebte. Ihr Gesicht drückte Heiterkeit aus und ihr burschikoser, kurzer Haarschnitt unterstrich dies noch.

Ihren Gesten entnahm ich, dass sie mir das Haus zeigen wollte. „Ojama shimasu". Von der Diele aus ging es über eine kleine Holzstufe, vor der einige Paar Schuhe standen, in die eigentlichen Wohnräume. Diese waren abgetrennt mit einer naturholzgitterartigen Schiebetür, die mit weißem Papier bespannt war. Dieses alte traditionelle Zeichen japanischer Innenarchitektur hatte ich in einem Wohnhaus wie diesem nicht erwartet. Auch drinnen war alles recht zierlich und klein und ganz eindeutig nicht für Menschen meiner Körpergröße gebaut. Naturfarben wie Braun und Beige überwogen. Der ganze untere Teil des Hauses bestand eigentlich neben Küche und Bad nur aus einem einzigen großen Raum, der durch eine cremeweiße, mit Reisähren bemalte und mit einem schwarz lackierten Holzrahmen gefasste Papierschiebetür geteilt war. Der Raum, in dem ich stand, hatte ganz eindeutig westliche Strukturen und wurde, wie ich annahm, als Esszimmer benutzt. Durch die halb geöffnete Schiebetür jedoch blickte ich in ein ganz anderes Zimmer. Der Boden war mit Tatami, das sind Reisstrohmatten, ausgelegt, und außer einem nur etwa 30 cm hohen, länglichen Tisch, einem kleinen Wandschrank und einem Fernseher in einer Ecke gab es nichts. Es war ein sehr schlichter und doch zugleich warmer Raum. Später erfuhr ich, dass sich in diesem Zimmer das eigentliche Familienleben abspielte. Es war dort, wo man am Nachmittag grünen Tee trank, abends zusammen am Boden saß und die Füße unter den Tisch steckte, wo Satokos Eltern schliefen und wo man sich auch zum Frühstück wiedertraf. Vorbei ging es an der winzigen Küche, aus der ein Schwall warmer, dampfender, nach bisher nicht gekannten Gewürzen riechender Dampf-wolken herausströmte.

Über eine steil nach oben führende Holzstiege wurde ich dann von Mieko, Satokos Mutter, in mein eigentliches Zimmer geführt. Beim Eintreten sagte sie noch etwas, doch war es leider schon zu spät und ich hatte mir am niedrigen oberen Holzrahmen der Schiebetür schon meinen Kopf angehauen. Ich sah ihr an, wie sie sich bemühte, ein Lachen zu unter-drücken. „Nicht für meine Körpergröße gebaut", übersetzte mir meine Freundin. Das Zimmer selbst war kaum anders. Es war, wie ich später des Öfteren nachgemessen hatte, so um die fünf Meter lang und nicht einmal 1,90 Meter breit. Der Boden war wie auch das restliche Haus mit Tatami ausgelegt. Am jeweiligen Ende gab es je ein großes Fenster, von denen aus man die nur knapp zwei Meter entfernten Wände der Nachbarhäuser fast berühren konnte. Trotzdem fühlte ich mich wohl. Es roch süßlich nach Reisstroh und Holz. Von draußen hörte ich das Klingeln und Rasseln einer nahe gelegenen Pachinko-Halle und das Surren und Zischen einer kaputten Neon-Werbeschrift. Was für eine fremde Welt.

Nachdem ich mich frischgemacht hatte, kam auch schon Satoko, um mich zum Abendessen zu holen. Ich wünschte mir ein bisschen Zeit, um meine Gedanken zu ordnen und meine Eindrücke zu verdauen.

Der Esstisch war inzwischen randvoll mit kleinen Tellern gedeckt, auf denen buntes Gemüse, Pickels und einige recht undefinierbare andere Speisen angerichtet waren. Als Hauptspeise gab es Tonkatsu, mit Brösel panierte Schweinsfilets und dem Geschmack nach ganz wie ein österreichisches Wienerschnitzel. Dazu klebrigen, strahlendweißen Reis. Mieko hatte gedacht, man müsse mich langsam in die kulinarische Welt Japans einführen und mich nicht schon am ersten Tag mit extravaganten Sonderheiten schockieren. Ich war froh darüber. Sie war eine ganz ausgezeichnete Köchin, wie ich im Laufe der nächsten Monate herausfinden sollte, und da auch eines meiner liebsten Hobbys das Kochen und vor allem das Essen war, verstanden wir uns gut.

Nachdem wir unser Abendessen und auch unsere Konversation mit dem Nachtisch, einer roten, geleeartigen süßen Bohnenpaste, abgerundet hatten, schlug Yoshinobu einen Spaziergang vor. Er wolle mir noch vor dem Schlafengehen das Stadtviertel Toyonaka, in dem ich jetzt wohnte, zeigen.

Als wir hinaustraten in den zierlichen Garten, hatte es zu

dämmern begonnen und war schon fast dunkel geworden. Ein seltsamer Geruch lag in der Luft und es war angenehm warm. Yoshinobus Garten war nicht mehr als ein links und rechts jeweils ein Meter breites Blumenbeet, dazwischen führte ein mit eigroßen, runden Bachsteinen ausgelegter Weg zum Hauseingang. Veilchen blühten und im Hintergrund gab es einen fast wie einen Bonsai zugeschnittenen Pinienbaum und einen Ahornstrauch mit filigranen, blass-grün glänzenden kleinen Blättern. Auf dem Erdboden wucherte Moos.

Kaum hatten wir den Bahndamm überquert, wurde es wieder belebter und vor allem lauter. Die schmalen Straßen und Gassen waren bunt mit Neonreklameleuchten beleuchtet und hell. Aus einer Karaokebar dröhnte Musik. Zu viele Eindrücke für den ersten Tag. Nie im Leben hätte ich aus diesem Straßengewirr je wieder herausgefunden. Ich war verwirrt, vor allem aber auch müde und froh, als wir wieder zu Hause ankamen.

In meinem Zimmer war bereits meine Schlafstätte ausgebreitet worden. Der Futon, eine etwa 10 cm dicke mit Pflanzenfasern gefüllte Matratze, fühlte sich weich an und duftete würzig. Ich hätte mir gerne noch einmal mein heute Erlebtes durch den Kopf gehen lassen, als ich da so lag, aber es dauerte nur Minuten, bis ich in einen tiefen, traumlosen Schlaf fiel. „Oyasumi nasai!"

2. KAPITEL

Es dämmerte, als ich aufwachte, fast noch dunkel war es draußen. Als ich da so in diesem fremden Zimmer lag, ging mir durch den Kopf, wie sich mein Leben, seit ich Satoko kennen gelernt hatte, doch verändert hatte. Fünf Jahre waren wir nun schon zusammen und ich war immer noch vernarrt in sie wie am Anfang. Welchen Lauf hätte mein Leben doch genommen, wenn wir uns nicht an diesem verregneten Montagabend in dieser Englischschule in London getroffen hätten? Wahrscheinlich hätte ich mich dann doch nie zu einem weiteren Ausriss aufraffen können und wäre immer noch zu Hause im Dorf, würde täglich in den einzigen Pub gehen und über den letzten Urlaub sprechen. Jetzt, da ich hier lag, hätte ich nie mehr getauscht. Ich war in meinen einzigen großen Traum gerutscht. „Traum und Wirklichkeit! Kein Unterschied!", ging es mir durch den Kopf.

Ganz so war es dann doch nicht, als ich durch lautes Pochen an der Tür aus meinem Halbschlaf und damit zurück in die Wirklichkeit des Traumes gerissen wurde. Inzwischen war es draußen schon hell geworden. Satoko stand mit einer Tasse gelblichem, ungesüßtem und recht herb schmeckendem grünen Tee in der Tür. Wie mir schon am Vortag beim Abendessen erzählt wurde, hatte man sich bereits nach Japanisch-Sprachschulen für mich umgesehen und auch eine gefunden, deren Sprachkurs für Anfänger gerade erst vor vier Tagen begonnen hatte. Die rationale japanische Denkweise ließ mir auch nicht nur einen Tag Zeit, um mich zu orientieren. Aber die Sprache zu erlernen war ja auch neben Satoko einer der Hauptgründe gewesen, hierher zu kommen und Zeit zur

21

Orientierung würde ich ohnehin noch genug haben.

Das Frühstück überraschte mich. Auf dem Tablett am Tatami-Boden in Satokos Zimmer, das neben meinem im ersten Stock lag, gab es eine Schüssel mit fast leuchtend weißem Reis, dazu ein verquirltes rohes Ei, Sojasauce, eingelegtes Gemüse und eigenartige papierähnliche Streifen getrockneten Seegrases, welches *Nori* hieß. All das aßen wir auf dem Boden sitzend, vor dem laufenden Fernseher, aus dem die ratternde Stimme einer Reporterin kam. Nebenbei erklärte mir Satoko meinen für heute geplanten Tagesablauf. Da sie zur Arbeit gehen müsse, würde mich ihr Vater Yoshinobu am Morgen so gegen halb neun zur Schule begleiten und mir auf dem Weg dorthin genauestens erklären, wie man Tickets kauft und mit welchem Zug ich wieder zurückfinden würde. Mit dem mir in die Hand gedrückten U-Bahn- und Zugplan konnte ich beim besten Willen nichts anfangen. Das Gewirr von bunten Linien, verbunden mit den nur auf Japanisch angeschriebenen Stationsnamen, war im wahrsten Sinne des Wortes verwirrend und zugleich auch beängstigend, denn versehentlich in den falschen Zug gestiegen, schien es mir schier unmöglich, alleine wieder aus diesem Irrgarten herauszufinden. Am Nachmittag würden Satokos Vater und sie selbst dann mit mir zu einem für Osaka recht berühmten Gebiet zum Kirschblütenschauen gehen.

Meine Schule lag im nördlichen Zentrum Osakas, welches Umeda heißt. Sie befand sich nicht zu weit vom Hauptbahnhof entfernt und somit hatte ich keine schlechten Chancen, wenigstens jenen wiederzufinden. Hatte es in Toyonaka noch einige kleinere Häuser gegeben, so waren hier fast nur Gebäude von zehn Stockwerken aufwärts zu sehen. Glas!

Beton! Grau, braun, bläulich metallisch! Burgen der Ritter des 20. Jahrhunderts. Nur einige der hier recht spärlichen Leuchtreklamen, jetzt unbeleuchtet, brachten etwas Farbe in die graue Welt.

Die Räume meiner neuen Schule lagen im vierten Stock eines jener vorhin erklärten sterilen Gebäude. Nachdem Yoshinobu mich verlassen und ich die Anmeldeformulare ausgefüllt hatte, setzte ich mich in die noch leere mir zugewiesene Klasse und wartete. Das erste Gesicht, das in der Tür erschien, war asiatisch. Ein Junge etwa in meinem Alter kam herein und setzte sich neben mich. „Boku wa Ishu desu." „Und ich bin Gerald", ging es mir durch den Kopf. „Gerald desu." Er deutete mit dem Zeigefinger auf sich und sagte: „Taiwan." Aha, also kein Japaner. Er trug einen dunklen Anzug und eine schwarze Sonnenbrille. Sein Gesichtszüge waren sanft, doch die eng eingedrehten kurzen Dauerwellen und besonders eine Narbe, die schräg über seine linke Wange lief, erinnerten mich an das typische Image eines Yakuzas, eines japanischen Mafioso. Die Tür ging auf, und ein weiterer Asiate, Hayashi aus Korea, kam herein und hinter ihm endlich ein Weißer. Eigentlich war er rosa, das Gesicht glatt rasiert, ein bisschen schwammig, rötlichblonde kurze Haare. Ein typischer Amerikaner, dachte ich mir. Nein, Toni stammte aus Australien. Nachdem wir ein wenig geplaudert hatten, wurde er mir etwas sympathischer. Seine Hobbys waren Motorräder und Mountain-Bike-Fahren und er konnte stundenlang über Sport sprechen. Eigentlich war er ein ganz angenehmer Kerl. Kurz darauf kam auch der Rest meiner neuen Schulkollegen, bunt gemischt aus Thailand, China, Frankreich, England und den Philippinen.

Es war eine lustige Klasse, der Unterricht weniger. Schon am ersten Tag lernten wir über dreißig neue, bis jetzt nie gehörte Wörter und noch dazu die Hälfte der fünfzig Zeichen des Japanischen Alphabetes *Hiragana*. Es wurde kein Wort Deutsch oder Englisch gesprochen und alle Bedeutungen wurden anhand von Bildern erklärt. Einige meiner Kollegen hatten schon Wochen, ja Monate in Japan verbracht und somit mir gegenüber einen großen Vorteil. Aber die neue Sprache zu erlernen machte doch riesigen Spaß und ich freute mich schon, die neuen Wörter zu Hause auszuprobieren. Ich war ziemlich froh, als um drei Uhr nachmittags alles vorüber war, vor allem aber war ich auch müde.

Glücklicherweise konnte ich ohne größere Schwierigkeiten den richtigen Bahnsteig am für mich damals riesig erscheinenden Hankyu-Bahnhof und auch den richtigen Zug nach Toyonaka finden und war nach kurzen zwanzig Minuten endlich wieder zu Hause. Ich wäre gerne noch in Umeda spazieren gegangen, doch der Wirbel, am Bahnhof oder im umliegenden Straßengewirr verloren zu gehen, flößte mir doch einen Schrecken ein. So entschloss ich mich, dies noch zu verschieben.

Satokos Zuhause und besonders mein Zimmer waren inzwischen so etwas wie eine schützende Burg geworden. Ich fühlte mich wohl dort. Ich saß am Tatamiboden und starrte auf die gegenüberliegende Wand. Es war warm und das hereinfallende Sonnenlicht tunkte den Raum in angenehme gelblichbeige Farben. Wann immer jemand die nahe gelegene Pachinko-gambling-Halle verließ und sich die Tür öffnete, konnte man das unaufhörliche Rasseln der Stahlkugeln und das Klimpern der Spielautomaten hören. An der Wand gegenüber hing eine Papierrolle mit in großen Pinselstrichen darauf geschriebenen japanischen Schriftzeichen. Welt des

Buddhismus und Shintoismus, Welt der Tempel, Literatur und Traditionen, aber auch die Welt der Pachinkohallen, der 30-stöckigen Glas- und Betontürme, des Fastfoods und des ewigen Strebens. Das Rasten muss gelernt sein, ging es mir durch den Kopf. Zumindest in diesem Land. Welt der Gegensätze, Japan.

Ein leichtes Klopfen an meine Zimmertür weckte mich aus meinen Tagträumen. Satokos Vater stand dort, fertig angezogen und bereit zum Ausgehen. „Die Kirschblüten!", fiel mir ein. Inzwischen war es fast fünf Uhr geworden. Draußen war es immer noch sehr hell. Wir trafen Satoko am Bahnhof und stürzten uns in die Flut der Menschen, die auf ihrem Weg von der Arbeit, alle zugleich schien es, ebenfalls in den Zug nach Umeda strömten. Rushhour! Unvorstellbar, wenn nicht mit eigenen Augen gesehen. Eingekeilt, unmöglich, auch nur einen Schritt zu tun, standen wir eng gedrängt und schaukelten im Rhythmus des Zuges mit der Masse hin und her. Es roch nach Schweiß.

Endlich waren wir in Umeda. Umsteigen in eine U-Bahn Richtung Süden. Das Gedränge wurde noch größer. Als wir dann an unserem Zielbahnhof ankamen, konnten wir kaum noch die U-Bahn verlassen. Überall Menschen. Alle Ausgänge waren zu, verstopft. Während wir nun in der Menge standen, begann Satoko mir über dieses Gebiet und die Kirschblüten zu erzählen. Die Kirschbäume stünden auf dem Grund der staatlichen Münzprägeanstalt, und das ganze Jahr hindurch sei der Zutritt dorthin nicht erlaubt, außer Mitte April zur Kirschblütenzeit, und dann auch nur eine Woche lang. In dieser einen Woche wollte nun ganz Osaka diese Schönheiten der Natur sehen. Und ich auch.

Als wir dann endlich draußen ankamen, fand ich heraus, warum sich so viele Leute dies antaten. Der Anblick der vielen rosa und weiß leuchtenden Kirschbäume entlang eines Flusses und die dazwischen liegenden kleinen Ständchen mit roten Lampions und bunten Lichtern war wirklich und ganz sicher nicht nur für mich als Ausländer überwältigend. Hin und wieder sah ich Mädchen mit blau-gelben Sommerkimonos in ihren *Gettas*, den typischen Holzsandalen, kleinschrittig dahinstolzieren. Die Kirschblüten selbst waren mit bis zu 16 Blütenblättern gefüllte Wunderwerke und hingen dicht und überladen, fast wie Schneebälle, an den Bäumen. Von überall leuchtete es weiß bis dunkelrosa in allen Schattierungen. Es war wunderschön. Doch leider gab es auch noch den Menschenbrei, der sich wie eine Schlange auf dem breiten Fußweg zwischen den Bäumen, vorbei an den Sake und Grillständchen, dahinschob. Es roch nach Sojasauce, gegrillten Tintenfischen, Alkohol, aber auch nach Zuckerwatte, *Imagawayaki*, kleinen Eierteigpasteten mit roter süßer Bohnenpaste und anderen Süßigkeiten. Die Welt der Gerüche war mindestens genau so faszinierend wie die der Eindrücke.

Kinder versuchten, kleine Fische und Aale aus Plastikbecken zu fangen, Männer mit zusammengerollten Leinentüchern um ihren Kopf gewickelt brieten *Takoyaki*, *Okonomiyaki*, *Yakisoba* und einige andere für Osaka bekannte Spezialitäten und riefen: „*Irashaii, Irashaii …*", um uns willkommen zu heißen.

Wir strömten langsam dem Ende der Kirschblütenstraße zu. Inzwischen war es dunkel geworden. Ich hätte noch lange dem Treiben zuschauen wollen, doch es war an der Zeit, nach Hause zu fahren, denn Satoko und auch ihr Vater mussten am nächsten Tag wieder arbeiten, und auch ich musste fit sein für meine neue Aufgabe. Mein Leben hatte nach langer Zeit wieder einen mir bewussten Sinn bekommen. Nicht einfach dahinleben, um zu arbeiten und Geld zu sparen wie bisher. Nein, Eindrücke sammeln, lernen, genießen, sich frei fühlen, träumen...

Es war kurz vor 23:00 Uhr, als wir in Toyonaka ankamen. Vom Bahnhof aus rief ich noch kurz meine Eltern zu Hause in Österreich an. Ich konnte hören, dass meine Mutter ein wenig erleichtert war zu hören, dass es mir gutging, und während der Dauer des Gespräches verspürte ich leichtes Heimweh.

Nachdem ich geduscht und eine Tasse heißen, grünen Tee getrunken hatte, fiel ich aus Müdigkeit geradezu ins Bett und nach einem liebevollen Gute-Nacht-Kuss von Satoko schlief ich sofort und ohne auch nur Zeit zu haben, über den heutigen Tag nachzudenken ein.

3. KAPITEL

Inzwischen war schon über eine Woche vergangen, und ich hatte mich langsam an mein neues Leben gewöhnt. Folgender Brief war einer der ersten an meine Familie:

24. April 91: Langsam werden die Eindrücke der Stadt klarer und somit auch, dass ich wirklich in Osaka – Japan – bin. Ich wohne hier bei Satoko und ihren Eltern in einem kleinen Haus und in einem sehr kleinen Zimmer. Satokos Eltern sind recht nett und akzeptieren mich als Ausländer überraschenderweise. Ich hatte eigentlich gedacht, dass Japaner konservativer wären und es nicht so leicht sein würde, mich zu behaupten.

Die Stadt selbst ist unvorstellbar groß. Während der ersten Tage war ich schon ein bisschen verwirrt. Man muss erst das System der U-Bahnen und Züge erfahren, um einen Überblick zu bekommen, wenn man überhaupt das Ganze je überblicken kann. Trotzdem kann ich mich mit Hilfe von Stadt- und U-Bahnplänen so schlecht und recht orientieren und finde immer wieder zurück.

Die Wochentage haben sich eingependelt und mein Tagesablauf ist ziemlich geregelt. Am Morgen gehe ich jeden Tag bis 15:00 Uhr in meine Japanisch-Schule, fahre nach Hause, gehe mit Satoko spazieren. Die Schule ist ganz toll. Es gibt zwei Australier, einen Engländer, einen Koreaner, einen Taiwanesen und einen Thai. Besonders gut verstehe ich mich mit Pete aus London und Ishu, einem Taiwanesen. Der Unterricht geht schnell voran. Trotzdem merke ich noch kaum Fortschritte.

Gerade hat mir Satokos Vater Tee gebracht. Es ist 5:00 Uhr am Nachmittag und ich bin in meinem Zimmer. Jeden Tag um diese Zeit kommt er und erklärt mir Wörter und Grammatik.

Beiliegende Fotos sind in einem traditionellen japanischen Park aufgenommen, in dem ich am Wochenende mit Satoko und ihrem Vater war.

In den nächsten Tagen möchte ich mit Satokos Mutter wegen der Miete sprechen. Ich fühle mich jetzt schon, nach fast nur zehn Tagen nicht wohl, denn jeden Tag gibt es etwas Besonderes und auch recht Teures zu essen. Peter hat eine ziemlich günstige Wohnung um 45.000,- Yen gefunden. Das wäre nicht so schlimm. Es gefällt mir hier aber so gut, dass ich noch gerne länger in Toyonaka wohnen möchte.

Soweit geht es mir also gut. Ihr hört wieder von mir.

Alles Liebe

Obwohl Ishu weder Deutsch noch Englisch sprach und wir uns kaum verständigen konnten, wurden wir bald enge Freunde. Wir verstanden uns auch ohne Worte. Er war ein lustiger, kleiner Kerl und sein hilfsbereiter Charakter passte überhaupt nicht zu seiner äußeren Erscheinung. Auch all die anderen Klassenkollegen hatten ihm das Aussehen eines Yakuzas nachgesagt, und da Geld für ihn nie eine Rolle zu spielen schien, waren die meisten Leute überzeugt, dass er es doch nicht mit rechten Mitteln verdient haben konnte. Nur ich kannte ihn besser und konnte mir dies kaum vorstellen. Und dann gab es da noch in einer Klasse über meiner einen Französisch sprechenden Belgier namens Gilles. Auf den ersten Blick entsprach er ganz meiner Vorstellung eines typischen Franzosen – kaum ordnungsliebend und konfus. Wir trafen uns fast jede Pause, und ich stellte bald fest, dass mein erster Eindruck getäuscht hatte. Gilles hatte seine Jugend mit seinen Eltern in Zentralafrika verbracht und vielleicht gerade dadurch eine recht lockere, ungewohnte Lebensauffassung. Es war leicht, sich mit ihm zu unterhalten. Unsere gemeinsame europäische Denkweise muss wohl zusätzlich ein Grund dafür gewesen sein.

Die Tage vergingen, und schon kam das zweite Wochenende. Am ersten war ich mit Satoko den ganzen Sonntag in Osaka herumgelaufen. Die Burg von Osaka war unsere erste Station. Von Toyotomi Hideyoshi, einem berühmten Feldherrn und Kaiser im 16. Jhd. erbaut, wurde sie Ende des Zweiten Weltkrieges zerstört und verkleinert, jedoch im gleichen Stil neu aufgebaut. Die auf riesigen Granitblöcken erbaute Festung sah ganz und gar nicht wie eine Burg aus, sondern war fast zierlich, mit geschwungenen gebrannten grünen Ziegeln bedeckten Dächern, auf deren Enden geschmiedete Drachen und andere Figuren saßen. Wir gingen über steile Holztreppen hinauf bis zum obersten Hauptturm, von wo aus man einen hervorragenden Ausblick auf die mit Smog überzogene Stadt und deren Hochhäuser hatte, jedoch war das Gefühl, auf einem erst in diesem Jahrhundert errichteten Gebäude zu sein, enttäuschend.

Von dort aus ging es per U-Bahn weiter in das südliche Einkaufs- und Vergnügungsviertel Minami. Ich hatte schon von meinen Freunden darüber gehört und war gespannt darauf.

Wir traten von der U-Bahn-Station Shinsaibashi nach draußen und waren doch immer noch unter Dach. Wir standen in einer riesigen überdachten Einkaufsstraße. Glitzernde Geschäfte und Modeboutiquen wechselten sich mit Pachinkohallen ab. Aus Lautsprechern dröhnte Musik. Ein unaufhörlicher Strom von Menschen strebte an uns vorbei und es half alles nichts, wir mussten hineinspringen und mitschwimmen. Nach etwa

15 Minuten Bummeln Richtung Süden hörte die Milchglaskuppel, welche die Straße überdachte, plötzlich auf und wir
standen vor einer in leichtem Bogen über einen Kanal ge-
bauten Brücke. Hier war das eigentliche Zentrum Osakas,
Dotonbori! Auf der gegenüberliegenden Uferseite, an der
dem Kanal zugeneigten Seite, gab es eine riesige bunte Ne-
on-Werbetafel und auch sonst waren überall Beleuchtungen
zu sehen. Sie hüllten die Umgebung in abwechselnd gelbes,
rotes und blaues Licht. Über einem in fast jedem Fremden-
führer abgebildeten Fischrestaurant hing eine etwa fünf bis
sechs Meter große wirklichkeitsgetreue orange-rötliche
Krabbe, deren Beine sich langsam bewegten. In den Auslagefenstern des darunter liegenden und auch in allen anderen in
dieser Gegend konzentrierten Restaurants wurden aus Plastik
und Wachs aufs genaueste nachgemachte Speisen und Gerichte zur Schau geboten. Die dazu angegebenen Preise
übertrafen alle meine Erwartungen und ein Einkehren in eines
dieser Restaurants stand außer Frage. Aber da gab es ja zur
Rettung gleich an der nächsten Hausecke noch eine
Mc-Donalds-Filiale. Schräg gegenüberliegend fand sich ein
Restaurant mit dem Namen *"Kuidaore"*, was so viel heißt wie
"essen, bis man umfällt". Hinsichtlich der Anzahl und Appe-
titlichkeit der Gerichte konnte ich mir das auch vorstellen.
Vor jenem Restaurant stand ein weiteres Wahrzeichen Osakas,
eine lebensgroße, trommelschlagende, mit einem rot-weiß
gestreiften Anzug bekleidete Puppe. Überaus kitschig und
kaum in diese Atmosphäre passend, jedoch schon seit einigen
Jahrzehnten dort aufgestellt, ist sie heute kaum noch wegzu-
denken.
Weiter gingen wir Richtung Namba. Im Geflecht von Sei-
tenstraßen gab es dutzende Bars und Nightclubs, die meisten

davon exklusiv mit Animiermädchen und Eintrittsgeldern, die bei weitem mein Wirtschaftsgeld für einen Monat übertrafen. Inzwischen war es dunkel geworden. Die vielen, grellen Neon-Reklamen kamen jetzt erst richtig zur Geltung, und das Gedränge auf den Straßen war noch dichter geworden. Allen Leuten um mich herum schien das nichts auszumachen, ja sie schienen es geradezu zu genießen, sich gegenseitig auf die Füße zu treten und Schulter an Schulter, ein Entkommen fast unmöglich, mit der Masse mitzulaufen.

Von Gilles, der schon vor über drei Monaten nach Japan gekommen war, erfuhr ich, dass dieses Gebiet auch die Hochburg der in Osaka agierenden japanischen Mafia sein sollte. Gambling-Hallen und Nightclubs gab es genug, und wenn man Glück habe, könne man sogar ab und zu ein paar Yakuza vor den Geschäften stehen sehen. Sie seien oft an ihrer auffälligen und ungewöhnlichen Kleidung erkennbar, jedoch nicht ganz normal gekleidete Leute gab es viele. Wohl musste man auch Übung haben und wissen, wonach man Ausschau halten sollte. Augenscheinlich Kriminelle konnte ich beim besten Willen nicht ausmachen.

Langsam wurde ich müde. Ich hatte genug für heute und wünschte, obwohl es unbeschreiblich interessant für mich war, wir wären schon zu Hause. Wir kamen dort so gegen 22:00 Uhr abends an.

Dies war mein erstes Wochenende und mein zweites stand gerade bevor. Einige Tage zuvor hatte ich beim Abendessen erwähnt, dass ich gerne einmal ans Meer fischen gehen würde. Schon am nächsten Tag hatte Yoshinobu mit einem seiner Freunde für Samstag eine Abmachung dazu getroffen. Oft ist er mir wie mein eigener Vater vorgekommen und trotz seiner

57 Jahre schien er mir manchmal richtig verspielt. Liebevoll pflegte er seine Blumen im Garten und genauso liebevoll auch seine Familie und mich jetzt mit.

Frühmorgens, so gegen 5:00 Uhr, brachen wir auf. Mieko, Satokos Mutter, war schon einige Zeit vor uns aufgestanden und hatte uns ein Lunch-Paket zubereitet. Es gab *Onigiri*, das sind mit Salz ganz leicht gewürzte, zu Dreiecken geformte Reisklöße, in deren Mitte sich eine eingelegte Pflaume oder Seegras, *Konbu* genannt, befanden. Eingewickelt war das Ganze in dünne, sehr nach Fisch riechende Seegrasblätter. Dazu gab es noch zwei Dosen Bier.

Dies war unser ganzes Gepäck, denn Angelruten hatten wir ja keine. Tanaka San hatte alles. Wir trafen ihn nach über eineinhalb Stunden Anreise endlich am Bahnhof von Maiko, im Westen der Stadt Kobe. Gerade dort, wo die Insel Awaji der Hauptinsel Honshu am nächsten und die Strömung am stärksten waren, gab es die meisten Fische. Am meisten Erfolg solle man bei Flut haben, gerade wenn sie ganz oben war.

Tanaka San war überdurchschnittlich groß für einen Japaner und etwa 60 Jahre alt. Sein Gesicht war wetttergegerbt, braun und seine weißleuchtenden Haare wehten in der leichten Morgenbrise. Seine ebenfalls weißen Leinenhosen waren etwas nach unten gerutscht und schienen seine Beine noch kürzer zu machen. Ja, er hatte kurze Beine und sie passten eigentlich gar nicht zu seinem langen Oberkörper. Über seine Schulter hatte er eine etwa eineinhalb Meter lange Tasche hängen, in der ich das Angelzeug vermutete. Am Strand angekommen, steckten wir die aus Bambus bestehenden Teile zusammen, hängten einen kleinen Wurm an den Haken und warfen aus. Es dauerte kaum zehn Minuten, da zappelte und zuckte meine Rute auch schon. Ich weiß nicht, was ich erwartet hatte, doch hatte ich mir vorgestellt, dass es hier in einer Bucht des Pazifiks und noch dazu in einem recht heißen Teil Asiens nur riesige Fische geben müsste. Mit einem zehn Zentimeter kurzen sardinenartigen Fisch hatte ich nicht gerechnet. Ich war enttäuscht, war es doch das erste Mal in meinem Leben überhaupt, dass ich angelte und ich hatte daher meine Erwartungen höher gesteckt. Ich wollte ihn schon wieder zurückwerfen, als mich Tanaka San zurückhielt und mir einen Sack anbot, in den ich ihn, wie er mir deutete, legen sollte. Aha, vielleicht als Köderfisch. Nein, so war es nicht. Im Laufe des Vormittags fingen wir über 40 dieser kleinen Fische und alle wurden sie behalten. Als ich dann am Ende unseren im Plastiksack gestorbenen Fang von mickrigen Fischen betrachtete, war ich überhaupt nicht stolz darauf. Ausgenommen und tot sahen sie noch kleiner aus. Ich konnte mir kaum vorstellen und hatte auch gar keine große Lust, diese aus purem Vergnügen am Fischen gestorbenen kleinen Dinger zu verzehren.

Es war Zeit, zu Mittag zu essen. Unser mitgebrachtes Obento hatten wir schon recht früh verschlungen, und so führte uns Tanaka San zu einem direkt am Strand gelegenen kleinen, von einem Fischer geführten Restaurant. Eigentlich war es mehr ein Schuppen, der umfunktioniert worden war. In einem Becken in der Mitte des Raumes sah ich sich etwas bewegen, und als ich näher trat, erkannte ich einige große, rötlichbraune Oktapus, von denen einer bestellt, gefangen und schon nach kurzer Zeit mit Eierteig in Öl gebacken serviert wurde. Das weiße, feste Fleisch schmeckte hervorragend, wenn auch etwas zäh. Dazu wurde eine Schale mit bräunlichem Essig, in die man die Stücke tunkte, und wie immer dampfender weißer

34

Reis gereicht.

Nachdem wir den Nachmittag schlafend auf einem Anlege-
steg für Boote verbracht hatten, kehrten wir erst nach dem
Dunkelwerden nach Hause zurück. Welch ein Gelächter
mussten wir hören, als Mieko und Satoko unseren Fang sahen.
Wir konnten nicht anders als mitlachen.

Zum Abendessen jedoch sahen die inzwischen frittierten und
mit Zitronensaft beträufelten kleinen Fische recht appetitlich
aus und auf dem Teller serviert, war es doch eine stattliche
Menge. Die in einer hohen Schale servierte Miso-Suppe und
der nussartige Geschmack der Fischlein ließen mich
schlussendlich doch nicht bereuen, sie gefangen zu haben.

4. KAPITEL

Kyoto wurde 794 n. Chr. die Hauptstadt Japans und blieb dies über fast 700 Jahre lang. Als eine der ältesten Städte Japans und noch dazu von den Bomben des Zweiten Weltkriegs nahezu verschont geblieben, war und ist es immer noch eines der wahren kulturellen Zentren japanischer Tradition und Handarbeiten. Die von China während ihrer Jahrtausende langen Hochkultur entwickelte Städteplanung und Architektur wurden von den Japanern fast haargenau übernommen. So kommt es, dass Kyoto auch heute noch auf Grund seiner Straßenstruktur eine recht übersichtliche Stadt ist. Da die meisten Straßen Nord-Süd oder Ost-West verlaufen, kann man mit ein wenig Orientierungssinn und einer Stadtkarte leicht seinen Weg finden. Neben dem hübschen und fast gar nicht großstadtmäßigen Stadtbild sind im Laufe der Jahrhunderte im Zentrum der Macht und auch des Buddhismus eine Vielzahl von Tempeln und Shinto-Schreinen entstanden. Und hierher wurde ich von Satoko und Mieko eines Sonntags geführt. Ein Spaziergang durch Geschichte und Gegenwart, welche in dieser Stadt unweigerlich miteinander verbunden sind.

Vom kalten Licht der unterirdischen Hankyu-Zugsstation ins warme, frühsommerliche Hell des Morgens getreten, fielen mir als Erstes die fast kleinstadtmäßige Atmosphäre und das geschäftige Treiben der Leute auf der Straße auf. Ganz im Gegensatz zum Zentrum von Osaka gab es hier kaum hohe Gebäude, und obwohl sich die Leute auf den Straßen nur so drängten, ließ es doch nicht dieses typische Gefühl von Stress aufkommen, welches ich von Osaka her kannte. Im Erdgeschoss reihten sich kleine schmucke Geschäfte aneinander, aus denen die vielfältigsten Gerüche kamen und in deren Schaufenstern es von Designermoden bis handgearbeiteten Gegenständen für die Teezeremonie, aus Wachs gefertigten Nachahmungen von Sushi und anderen Speisen und Lackarbeiten alles zu sehen gab. Von Kawaramachi, dem eigentlichen Zentrum Kyotos, spazierten wir eine breite, von Souvenirläden gesäumte Einkaufsstraße entlang Richtung Osten und gelangten so zu einem Tempel genannt *Yasakajinja*, dem Schrein der acht Hügel. Ein mächtiges, orangefarbenes Tor mit geschwungenem Dach kennzeichnete den Eingang. Zwei hölzerne, drei bis vier Meter hohe Dämonen, *Ah* und *Un,* mit zornverzerrtem Gesicht, bewachten den Schrein und standen zu jeder Seite des Eingangs. Der Schrein selbst war wenig prunkvoll, aus dunklem sonnengeschwärztem Holz, das Dach, ebenfalls geschwungen, mit dunkelgrauen halbrunden Keramik-Dachziegeln gedeckt. Auf einem Platz vor diesem Schrein gab es ein ebenfalls aus Holz gebautes kleineres Gebäude, an dem rundherum mit chinesischen Zeichen bemalte Lampions hingen. Ein älterer Mann mit einem dunklen Straßenanzug stand vor dem eigentlichen Heiligtum. Er rüttelte an einem Seil, an dem einige Schellen befestigt waren, klatschte dreimal mit den Händen und verneigte sich tief. Es kam mir ungewöhnlich vor, einen Mann mit eindeutig westlicher Kleidung vor einem jahrhundertealten – ganz im Gegensatz zu unseren westlichen Vorstellungen von einem Gotteshaus – Tempel oder Schrein beten zu sehen.

Die eigentliche Urreligion Japans ist der Shintoismus, welcher sich um das Anbeten und Verehren von meist natürlichen Phänomenen wie der Sonne, Bergen, Wasser und Felsen, aber auch Bäumen und Wasserfällen dreht. Ebenfalls verstorbene

Verwandte wurden oft zu den *kamis* oder Göttern gezählt, und es wurde keine Linie gezogen zwischen Menschen und Natur. So war jedem Schrein seine eigene Göttlichkeit gewidmet, der eigentliche Hauptschrein aber steht auf der Halbinsel Ise, der aufgehenden Sonne zugewandt, und ist der Sonnengöttin geweiht.

Das Gegenstück zum Shintoismus ist der Buddhismus, welcher Anfang des 8. Jahrhunderts von Indien über China nach Japan kam. Im Mittelpunkt steht Buddha "der Erleuchtete". Die eigentliche Idee ist ein nie endender Zyklus von Leben, welcher jeweils im Nächsten endet, und zusätzlich das Konzept, dass Leben schmerzhaft sei und Leid nur mit den Predigten Buddhas und durch Selbsterkenntnis bezwungen werden könne. Das führe zu einem leidfreien Zusammenschluss mit dem Kosmos im *Nirwana*, dem Nichts.

Oje…

Der in Japan geglaubte Buddhismus ist eine etwas abgeschwächte Form des Indischen und kam in mehreren zeitlichen Intervallen ins Land. Er reichte von magischen Riten und Künsten über das Heil durch Treue bis zum dritten und letzten Intervall, welcher die Rettung und die Erleuchtung durch das Finden von Selbstbewusstsein und Vertrauen durch Meditation zur Basis hatte. Aus jener letzten Stufe entwickelten sich einige Sekten, und dies führte zum heute noch in ganz Japan verbreiteten Zen-Buddhismus.

Über die Jahrhunderte haben sich der viel stärkere Buddhismus und der Shintoismus in eine angenehme und friedvolle Koexistenz gesetzt. Hier in Kyoto haben sich im Laufe der Zeit Hunderte von buddhistischen Tempeln und Shinto-Schreinen etabliert und geben somit der Stadt einen besonderen Reiz.

Und vor so einem Schrein stand ich jetzt. Oder war es doch ein Tempel? Oft hatten sich nämlich zu den alten Shinto-Gebetsstätten neuere buddhistische Tempel hinzugesiedelt und es war manchmal nicht leicht für mich zu unterscheiden, was es nun wirklich war. Wie ich aber oft verstanden hatte, machten auch die Japaner selbst keinen großen Unterschied, und es wurde beiderorts, wie es sich gerade ergab, gebetet oder meditiert.

Mieko, Satoko und ich spazierten weiter Richtung Süden, zwischen gepflegten kleinen Privathäusern einem schmalen Gässchen folgend, als langsam Teehäuser und Souvenirgeschäfte wieder auftauchten und wir plötzlich, von einer Menge japanischer Touristen mitgerissen, uns einem weiteren Tempel näherten, dem *Kiyomizuterra*. Auf einer Anhöhe gelegen war es beeindruckend, den auf bis zu zwanzig Meter hohen Pfählen stehenden Gebäudekomplex zu sehen. Eine fünfstöckige schwarzhölzerne Pagode mit leicht geschwungenen Dächern eröffnete den Blick auf den Tempel. Vor dem eigentlichen Eingang gab es einen kleinen Brunnen, auf welchem zwei ungefähr 60 cm hohe bronzene Drachen saßen, aus deren Rachen ein schwacher Strahl Wasser rann. Aus Bambusröhren geschnitzte langstielige Behälter lagen am Brunnenrand bereit, um Hände und auch sonstige Teile des Körpers zu reinigen, bevor man den Tempel betrat. Leichte Rauchschwaden standen in der Luft und es roch nach Insence. Voll gestopft mit Leuten an jenem Sonntag beschlossen wir, ihn diesmal nicht zu betreten, und gingen indessen dem hochgebauten Geländer entlang auf einen noch tiefer im Hang gelegenen weiteren Teil des Tempels zu. Der Ausblick von dort auf die im frühsommerlichen Nachmittagslicht gelegene

Stadt Kyoto mit dem teilweise vor uns liegenden Kiyomizu-terra war hervorragend und unvergesslich.

Im Ausklang des Tages spazierten wir zurück nach Kawaramachi. Es war früher Abend, als wir dort ankamen. Da Mieko keine große Lust hatte, an jenem Tag noch zu Hause etwas zu kochen, beschlossen wir, im abendlichen Kyoto essen zu gehen. Schon über vier Wochen war ich in Japan und noch immer hatte ich das vielleicht berühmteste aller japanischen Gerichte nicht probiert, nämlich Sushi.

An Dutzenden von Sushi-Restaurants spazierten wir vorbei, und recht müde schon vom heutigen Tag wäre ich, ohne nachzudenken, gleich in das erste hineingesprungen, denn die aus Wachs gemachten Nachahmungen der Köstlichkeiten in den Auslagen sahen alle ohnehin gleich aus. Ich glaubte zu verstehen, dass Satokos Mutter ein bestimmtes Restaurant suchte, und so war es auch. Von einer recht belebten Straße in ein schwachbeleuchtetes Gässchen abgebogen, standen wir plötzlich vor einem unscheinbar aussehenden, fast versteckt liegenden Lokal. Vor den Milchglasfenstern waren aus hellem Holz gefertigte Gitter befestigt, und über dem Eingang, einer ebenfalls hölzernen Schiebetür, gab es blaue, vorhangähnliche Tücher mit Schriftzeichen darauf.

Wir nahmen an einer Bar Platz, vor uns eine gläserne Vitrine mit auf Eis und grünen Pinienzweigen liegenden verschiedensten Fischen oder Teilen davon, dahinter der *Sushiya*. Er hatte ein zusammengerolltes weiß-blaues Tuch über die Stirn gebunden und sein dickliches Gesicht zeigte keinerlei Emotionen. Hinter ihm die Speisekarte, an der Wand hängende Streifen Papier mit natürlich nur in Kanji und Hiragana von oben nach unten geschriebenen Sushiangeboten. Selbst die Preise waren auf Japanisch, und hätte ich sie damals schon besser lesen können, hätte ich sicher nicht nachfolgende Gerichte so genüsslich essen können. Das Bestellen überließ ich Satoko und Mieko.

Oft hatte mich der Gedanke, rohen Fisch zu essen, beschäftigt. Es widerstrebte mir ein wenig, Ungekochtes zu essen. Meine Mutter fiel mir ein und ihre Warnung, doch hinsichtlich einer Fischvergiftung aufzupassen. Vor mir in der Auslage gab es kohlschwarze Seeigel, einer davon aufgebrochen, und die darin liegende kaffeebraune, unappetitlich aussehende Masse ließ mir immer wieder die Warnung meiner Mutter einfallen. Drei dicke violette Oktopusarme lagen gleich daneben und in der anderen Ecke der Vitrine der riesige abgeschnittene Kopf eines Thunfisches. Ich versuchte mein ungutes Gefühl hinter einem Lächeln zu verbergen, doch gelang mir dies nur teilweise. Satoko hatte mich längst durchschaut und versuchte mich zu beruhigen mit: „Bei falsch zubereitetem rohen Fugu kommt der Tod innerhalb von Sekunden."

Und da lag der Tod nun vor mir, für das Auge wunderschön angerichtet. Auf einer naturhölzernen, etwa drei Zentimeter dicken Platte lagen acht Stücke dieser Köstlichkeiten in Weiß, Rot, Grün, Kaffeebraun und Farbe-Undefinierbar.

Ich begann mit dem hellen, fleischartigen Rot eines etwa fünf Zentimeter langen Thunfischstückes auf einem kleinen mit zwei Fingern in der Handfläche gepressten Reisbällchen. In dunkle Sojasauce getippt, steckte ich es in den Mund. Über den Geschmack meines ersten Versuches kann ich allerdings wenig sagen, denn es schlüpfte meine Kehle fast unzerkaut hinunter. Da es mir doch etwas schade vorkam, alles einfach so hinunterzuschlingen, beschloss ich, das Nächste besser zu kauen. Ich schob ein alabasterweißes Stück Tintenfisch in den

Mund und biss zu. Ich musste über mich selbst lachen als ich so dasaß und, meine Sinne konzentriert auf den Geschmack, herumkaute. Es fühlte sich im Mund an wie ein hartes Stück Fett einer Schwarte Speck, geschmacklich war es gar nicht so schlecht. Genießen konnte ich es freilich noch nicht.

Weiters gab es *Unagi*, ein Stück Seeaal welches hervorragend schmeckte, *Ebi*, einen leicht gekochten weiß-orangen Schrimp, ein Stück Flunder, genannt *Hirame,* und den König aller Fische, ein Stück *Tai*. *Ikura*, kleine, orangefärbig, leuchtende Fischeier und die vorher schon erwähnten undefinierbar geformten braunen, wie Innereien aussehenden Teile des Seeigels wurden ebenfalls auf kleinen Reisbällchen serviert, das Ganze war jedoch mit grünem getrockneten Seegras umwickelt.

Nachdem ich meine anfängliche Zurückhaltung überwunden hatte, musste ich feststellen, dass jedes Einzelne seinen eigenen Geschmack hatte und manche sogar ausgesprochen gut schmeckten. Zur Ergänzung dieser kleinen Happen wurde noch eine andere Art Sushi, nämlich *Makizushi,* bestellt. Auf getrockneten dunkelgrünen Seegrasblättern wird zuerst gesäuerter Reis ausgebreitet, dann längliche Stücke Thunfisch und Gemüse und für mich bisher unbekanntes Zeugs draufgelegt. Das Ganze wird wie ein kleiner Strudel zu etwa vier Zentimeter breiten und zwanzig Zentimeter langen Stücken eingerollt und geschnitten.

Gesättigt und überaus glücklich, dass sich die japanische Nationalspeise mit meinem Gaumen verträgt, kehrten wir zurück nach Osaka.

5. KAPITEL

Mitte Juni: Die Monsunzeit hatte begonnen. Während des Tages war es drückend schwül. Alle paar Minuten kam ein Wolkenbruch herunter und schon wenig später trocknete die stechende Sonne das stehende Wasser auf den Straßen wieder auf. Das ungewohnte Klima strengte mich an.

Inzwischen hatte Satoko eine neue Arbeit als Englischlehrerin bei einer der größten japanischen Eng-lisch-Sprachschulgruppen gefunden, jedoch nicht in Osaka, sondern im über drei Stunden entfernten Tottori, einer kleinen Fischerstadt an der japanischen Meeresküste. Nur alle vierzehn Tage an den Wochenenden konnte sie zurück nach Osaka kommen.

Es tat gut, einmal alleine zu sein, besonders meinem Japanisch kam es zu Gute, denn aus Gewohnheit unterhielten wir uns ständig auf Deutsch oder Englisch, wenn wir zusammen waren. Ich hatte Zeit, mich auf mein Japanisch zu konzentrieren, und nach knapp zwei Monaten merkte ich meine ersten Fortschritte. Zwar konnte ich mich immer noch kaum unterhalten, verstehen konnte ich aber schon recht viel. Besonders leicht fiel mir die Konversation mit Ishu, meinem Freund aus Taiwan. Wir kannten nur dieselbe begrenzte Anzahl von Wörtern und auch von der Grammatik her waren wir auf derselben Stufe. Wenn wir auch oft falsches Japanisch sprachen, wussten wir doch immer gleich, was der andere meinte. Oft gingen wir, Ishu, Gilles und ich, an den lauen Sommerabenden in Namba oder dem östlichen Vergnügungsviertel von Umeda spazieren, probierten allerlei Bars und Drinks, und nicht selten kam es vor, dass ich meinen letzten Zug nach

Toyonaka versäumt und die Nacht im Kino, einer Bar oder gar am Bahnhof verbringen musste, um mit dem ersten Zug um 5:00 Uhr früh heimzukehren. Es war eine leichte, vergnügliche Zeit, und doch keine problemlose.

Da ich mich recht kurzfristig entschieden hatte, nach Japan zu kommen, hatte ich in Österreich leider keine Zeit mehr gehabt, ein Studentenvisum zu beantragen und war so mit einem 90-Tage-Touristenvisum nach Japan eingereist. Nach einem eingehenden Gespräch mit Obayashi-san, dem zuständigen Manager meiner Sprachschule für Visaangelegenheiten, wurde mir gesagt, dass es keine Möglichkeit gäbe, im Land mein Visum zu verlängern, und dass ich kurzfristig ausreisen müsste, um eine neue Aufenthaltsbewilligung zu erhalten. Noch dazu wäre mein Studentenvisum von der japanischen Einwanderungsbehörde leider noch nicht bewilligt worden und es bliebe mir nichts anderes übrig, als noch einmal als Tourist ins Land zu kommen.

Ich war ganz schön sauer. Meine Japanisch-Kurse kosteten eh schon ein halbes Vermögen und hatten meine Ersparnisse in den drei Monaten in Japan bereits beträchtlich schrumpfen lassen. Und jetzt kam noch eine ungewollte Reise dazu. Erst Monate später erfuhr ich von Gilles, dass ihm dasselbe passiert wäre, wenn er nicht Beziehungen zur belgischen Botschaft gehabt hätte. Die von Skandalen und Bestechungsaffären durchrüttelte politische Welt Japans unterstrich meine Theorie. Beziehungen und Geld sind etwas Feines und Alltägliches, auch hier in Japan. Sie machen auch unmögliche Dinge in dieser bürokratischen Welt möglich. Nur ich hatte keines von beidem und so blieb mir nichts anderes übrig als das Beste daraus zu machen.

Nach eingehender Studie der Landkarte und Vergleichen von

Preisen der Flug- und Fährentickets entschied ich mich, in das am wenigsten entfernte Land, nämlich Südkorea, zu reisen. Hayashi-san, mein Klassenkollege und als Koreaner in Japan selbst oft von den Behörden recht unfair behandelt, riet mir, ein paar entspannende Tage auf einer zweimal wöchentlich zwischen Osaka und Busan, einer kleinen Hafenstadt an der Südküste Koreas, pendelnden Fähre zu verbringen. Dies schien mir am interessantesten und nach vielen Wochen Schulstress würde es sicher ganz guttun, mich ein paar Tage vom Kanjikritzeln und Grammatiklernen zu erholen.

13. Juli: Langsam löste sich die Stahlbordwand vom nackten Betonkai. Ich stand an der Reling und schaute hinunter auf das braungraue Wasser, das hier im Hafen Osakas wohl kaum verschmutzter hätte sein können. Wir nahmen Fahrt auf und damit begann auch der Fahrtwind zuzunehmen. Ladekräne von Containerschiffen und Werften schienen das Bild zu beherrschen, als wir langsam den breiten Kanal aufs offene Meer hinauszogen.
Ich fand einen vom Wind geschützten Platz auf der Rückseite des Mitteldecks und ließ mich neben ein paar schon dort sitzenden Leuten nieder. Japaner oder Koreaner? Koreaner. Ein fast väterlicher, ungefähr 50 Jahre alter Typ lud mich auf eine Dose Bier ein, und es dauerte nicht lange, da waren wir schon in allerlei Gespräche vertieft, und ich vergaß für einige Stunden, wo ich mich eigentlich befand. Die Route der Fähre führte durch die *Setonaikai*, das inselreiche Binnenmeer nördlich Shikokus, vorbei an Kyushu und durch eine Meeresenge auf die offene *Nihonkai*, das Japanische Meer.
Als ich aufschaute, hatten wir schon lange den Hafen Osakas verlassen und befanden uns wie ich annahm gerade irgendwo

zwischen der Hauptinsel Honshu und Shikoku. Zu beiden Seiten zogen mit Pinien bewaldete Berge und Felsküsten vorbei und in der Ferne sah ich das orange *Tori* eines Schreins. Eine Küste, die sich seit Jahrhunderten kaum verändert hatte, und es war schwer zu glauben, dass Millionen von Menschen hinter diesen Bergen in den Städten ein Ameisendasein führten und viele von ihnen die Schönheiten des eigenen Landes nicht kannten.

Ein blau-rotes Fischerboot zog mit tiefem Ton tuckernd vorbei und es fiel mir auf, dass die Wasserfarbe auf ein klares Dunkelgrün gewechselt hatte. So sauberes Wasser hatte ich in dieser recht abgeschlossenen Wasserwelt nicht erwartet. Hinter dem auf den langgezogenen Wellen etwas schlingernden Boot leuchtete etwas orange, und als ich genauer hinschaute, erkannte ich einen halb unter der Wasseroberfläche treibenden Plastiksack. Ich blickte mich weiter um und musste erkennen, dass noch mehr dieser Überreste menschlicher Zivilisation rund um unser Boot und im weiten Umkreis trieben. Vermutlich war das Wasser dann doch nicht so sauber und von den Abwässern großer Fabriken weit entfernt, auch wenn es diesen Eindruck machte, denn Gift muss nicht unbedingt sichtbar sein.

Bei einem Bier war es bei weitem nicht geblieben, und in meinem Taumel streckte ich mich auf dem hölzernen Deck aus und fiel in einen tiefen, jedoch unruhigen Schlaf. Die Sonne hatte sich schon gefährlich nahe dem fernen Horizont genähert und drohte abzustürzen, als ich aus der Welt der Albträume in die Welt der Kopfschmerzen zurückkam. Neben mir grunzte, immer noch schlafend, Kim der Koreaner. Nachdem ich mich aufgesetzt hatte, stellte ich fest, dass dicht neben mir, an die Metallreling gelehnt, ein wenig asiatisch aussehender Gaijin saß. Er lachte. Ich hatte das Gefühl, er lachte über uns, denn das verschüttete Bier und die vielen leeren Dosen um uns herum sprachen eine wahrlich eindeutige Sprache und ließen meine Verfassung erahnen. Dennoch lachte ich zurück.

Nachdem ich mich aufgesetzt hatte, kamen wir ins Gespräch. Avi aus Israel schien genauso erleichtert wie ich, nun doch nicht der einzige Ausländer zu sein. Der bisher kaum gefühlte Druck, allein zu sein unter all diesen fremden Gesichtern, nicht nur hier auf der Fähre, sondern auch hinter uns in Japan, fiel von uns ab. Erleichterung war spürbar. Eigentlich war das Reisen an sich gar nicht bedrückend, doch auf sich gestellt in ein Land zu fahren, in dem kaum Englisch gesprochen wird, nahm uns etwas an Sicherheit und Selbstvertrauen.

Auch Avi hatte Probleme mit seinem Visum. Ohne auch nur ein Wort darüber zu verlieren, war es klar, dass wir die nächsten Tage gemeinsam verbringen würden.

Am späten Nachmittag unterfuhren wir eine im Sonnenlicht fast orange leuchtende, aus dem Nichts und in das Nichts führende Autobrücke. Die *Setoouhashi* verbindet Honshu mit Shikoku und ist mit über zehn Kilometern eine der längsten Brücken der Welt. Dennoch konnte ich dem imposanten, jedoch kalten und tot wirkenden, fast einem riesigen Kran gleichenden Bauwerk nichts abringen.

Es wurde dunkel und als der Wind auffrischte auch noch kalt. Meine fensterlose Kabine musste ich mit acht anderen Personen teilen. Es stank fürchterlich und erinnerte mich an Mäusegift. Auch die Bettwäsche selbst sah nicht gerade frisch aus und so legte ich mich samt meiner Kleidung schlafen. Das Licht ging so gegen 21:00 Uhr aus.

9:00 Uhr morgens. Von der muffigen Kabine wieder an Deck

getreten, empfing mich ein strahlender Morgen. Das Meer war im wahrsten Sinne spiegelglatt. Keine auch noch so kleine Kabbelwelle störte das saubere, eisblaue Klar. In der Ferne sah ich die Konturen einiger rostiger Frachter, kein Land in Sicht. Noch drei Stunden bis zur fahrplanmäßigen Ankunft im Hafen von Busan. Noch drei Stunden Frieden. Nur noch drei Stunden, bis der Stress wieder beginnen würde.

Mit unseren nur kleinen Rucksäcken als Gepäck traten wir vor das Ankunftsgebäude im Hafen. Die Einreise nach Südkorea war überraschend problemlos verlaufen. Weder Avi noch ich wusste wohin, doch hatten wir von Kim gehört, dass es in der Gegend des Internationalen Marktes einige recht billige Privatpensionen geben sollte. Das Taxi schien uns die einigermaßen einfachste Möglichkeit, um ohne größere Strapazen dorthin zu gelangen.

Die Stadt selbst hatte kaum Ähnlichkeit mit den Städten Japans, welche ich bis jetzt kannte. Die Häuserfassaden waren meist schmutzig, an vielen Stellen schien der Putz abzubröckeln. Baustellen behinderten den Verkehrsfluss und in die Schlaglöcher der Straße zu fahren schien dem rasenden Taxifahrer Spaß zu machen. Fast glaubte ich zu erahnen, wie diese Stadt die Mentalität der Bewohner widerspiegelte. Ich fühlte mich dennoch wohl.

Ein heilloses Gedränge erwartete uns am internationalen Markt. Die Straßen waren gesteckt voll mit Ständen und dazwischen tausende Menschen. Durch die Hilfe des überaus gesprächigen Taxifahrers gelang es uns in kürzester Zeit, eine von einer Familie geführte Pension zu finden, und nachdem wir geduscht und eine auf dem Weg zur Pension gekaufte Wassermelone verdrückt hatten, begannen wir unseren Stadtbummel.

Das geschäftige Treiben auf den Straßen rund um unsere Pension war aufregend. Die vielen bunten Kleidungs- und Lederständchen, die überraschenderweise oft Waren "made in China" und nicht "made in Korea" verkauften, die Obst- und Gemüseständchen und ganz besonders mir hatten es die in viel Öl herausgebackenen, scharfgewürzten und auch süßen Snacks angetan. So verbrachten wir den restlichen Tag mit Essen und Bummeln. Bis zum Abend hatten wir längst keinen Hunger mehr.

Am nächsten Morgen musste Avi zur japanischen Botschaft, und da ich die Gelegenheit nutzen wollte, gleich den Rest der Stadt zu besichtigen, ging ich mit ihm. Während ich, auf Avi wartend, die nähere Umgebung und das Stadtzentrum erkundete, fand ich eine gar nicht nach Reisebüro aussehende Travelagency. Mein Ticket für die Rückfahrt hatte ich noch nicht, und so beschloss ich, mich gleich dort zu erkundigen. Die Überraschung war groß, als ich herausfand, dass ein Flugticket von Busan nach Osaka billiger war als die Fähre von Osaka nach Busan, und da ich einen heiden Schrecken davor hatte, all die Kanji und neuen Wörter, die meine Klasse während der letzten drei Tage gelernt hatte, nachzulernen, beschloss ich, noch gleich am selben Tag mit der Abendmaschine zurückzufliegen. All zu viel Zeit und Geld wollte ich doch nicht mit Reisen verbringen, denn ich ahnte schon damals, dass ich sicher noch des Öfteren von Japan ausreisen musste. Avi hatte schon in Japan das Rückfahrtticket für die Fähre gekauft und war so gebunden, einen Tag länger zu bleiben.

Nach einem ausgiebigen Frühstück in einem Café in der Nähe des Bahnhofs entschieden wir uns, den schäbigen Rest der

Stadt zu ignorieren und uns noch einmal dem bunten Treiben des Internationalen Marktes zuzuwenden. Besondere Freude bereitete es mir zu wissen, dass dieser Markt nicht als Attraktion und Touristenfalle diente, sondern wirklich von der lokalen Bevölkerung genutzt wurde. Es machte Spaß, den feilschenden Frauen hinter und vor den Ständen zuzuschauen. Manche von ihnen saßen zuweilen zusammengekauert auf kleinen Hockern hinter ihrer Ware versteckt und verschlangen gierig aus kleinen Metallschüsseln ihr Mittagessen, welches genauso bunt aussah wie ihre Kleidung. Die Nationalspeise, genannt *Kimchi*, war des Öfteren am typischen Geruch von Pfefferoni und Knoblauch zu erkennen. Das feurige Rot in den Speisen ließ ahnen, welch stimulierende Wirkung sie auf den Gaumen hatten.

Langsam wurde es Zeit mich auf den Weg zum Flughafen zu machen. Die Bushaltestelle hatte ich zur Sicherheit schon am Vormittag ausgemacht.

Im Bus ein wenig eingenickt, riss mich plötzlich eine unbarmherzig, in nächster Nähe heulende Sirene aus meinen Träumen. Wir waren noch immer in einem Außenbezirk der Stadt. Unser Bus stand mit all den anderen Autos am Straßenrand. Außer zwei vorbeirasenden Militärjeeps bewegte sich nichts auf der jedoch fast leeren Straße. Nicht einmal die Fußgänger auf den Gehsteigen. Das Radio in unserem Bus war voll aufgedreht. Eine blecherne Stimme schien einen Bericht zu geben und erinnerte mich an das Kommentieren von Pferderennen. Ich war ganz schön in Panik, hatte ich doch Angst, nicht mehr rechtzeitig auf den Flughafen zu kommen, und wusste zusätzlich nicht einmal, was dies alles bedeuten sollte. Ein typisch aussehender, in steifem Anzug schräg hinter mir sitzender asiatischer Geschäftsmann schien mir am ehesten Englisch zu verstehen. Ich hatte Glück. „War-Training! War-Training!", rief er mir zu. „Fifteen minutes!" Immer noch angespannt, doch schon ein wenig erleichtert war ich, als sich der Bus und all die anderen Verkehrsteilnehmer auch wieder in Bewegung setzten und plötzlich, als ob nichts gewesen wäre, ihren Weg fortsetzten. Training für den Ernstfall, wenn Nordkorea in den Süden einmarschieren würde. Überlebenstraining der Zivilbevölkerung für den Fall eines Krieges. Meine erste Erfahrung dieser Art. Unvergesslich!

6. KAPITEL

In das inzwischen vertraut gewordene Osaka zurückzukehren war fast wie heimkommen. Die gewohnte Sauberkeit und Ordnung gaben mir Sicherheit. Toyonaka war gar nicht wie anfangs vermutet ein so unübersichtlicher Stadtteil Osakas und nach einiger Zeit konnte ich die Grenzen ziemlich klar abstecken. Das kleine Haus der Nakau lag ganz im Zentrum nahe dem Bahnhof. Als ich mit meinem Rucksack dort ankam, den lieblichen, kleinen Garten sah und schlussendlich, nachdem ich geduscht und sauber in meinem wohlvertrauten Zimmer am Boden saß, konnte ich erst richtig entspannen. Noch eine Woche Japanischkurs stand bevor und dann endlich die heißersehnten vier Wochen Sommerferien. In den drei Tagen meiner Abwesenheit von der Schule hatte ich einiges versäumt und musste ganz schön pauken, um alles wieder nachzuholen. Und nicht nur das. In den letzten Wochen hatte ich es gar nicht so ernst genommen mit dem Lernen und mich mehr für das Leben am Abend interessiert. So war ich ganz schön in Rückstand gekommen. Besonders schlecht erging es mir aber mit dem Lernen von Kanji, welche ganz und gar nicht mit der europäischen Weise des logischen Denkens zu erlernen waren, sondern nur mit sturem Pauken und unzähligen Malen des Aufschreibens, um sie so weit im Unterbewusstsein zu festigen, dass man die aus bis zu 15 und mehr Strichen zusammengesetzten Zeichen, ohne zu denken und mit geschlossenen Augen, schreiben konnte. Wiedererkennen und Lesen waren gar nicht so schwierig, doch in weniger als einer Woche war ein Abschlusstest meines Dreimonatskurses angesagt, und ganz bestimmt gab es darin auch eine schöne

Auswahl der inzwischen schon über hundert angesammelten Kanji. Mein Freund Ishu hatte es da wesentlich leichter. Er hatte als Chinese oft nur ein Lachen übrig für meine Probleme mit den für ihn schon in der Volksschule gelernten Kanji. Mit der Grammatik und den Redewendungen hatte ich kaum Probleme, denn die konnte ich ständig beim alltäglichen Plaudern mit Satokos Eltern und meinen Freunden pflegen. Es blieb mir nichts anderes übrig, als ganz einfach zu lernen, und als dann endlich mein vorletzter Schultag und somit Testtag kam, war mein Kopf voll und ich auch vollends verwirrt. Zumindest hatte ich dieses Gefühl.

Nächster und letzter Tag der Qual für die nächsten vier Wochen. Aber auch der Tag der Wahrheit. Die Testergebnisse fielen wesentlich besser als erwartet aus. Die überraschend lobenden Worte von Sakurai Sensei und die relativ wenigen roten Korrekturen retteten den Tag und natürlich auch meine bevorstehenden Sommerferien. Das Lernen hatte sich also ausgezahlt.

Sommerzeit in Japan ist auch die Zeit der *Matsuri,* der Buddhisten- und Shinto-Feste. Im ganzen Land gibt es unzählige davon. So auch in Osaka. Pete, ein Engländer aus meiner Klasse, hatte vor, mit seiner Freundin und zwei anderen japanischen Mädchen aus den Büros unserer Schule zum bevorstehenden *Tenjinmatsuri* zu gehen, und lud mich ein mitzukommen. Wir trafen uns vor dem "BIG MAN", einem riesigen Bildschirm in der Ankunftshalle der Hankyu-Station und allgemeinen Treffpunkt für jedermann. Halb Osaka war dort, so schien es. Ich irrte zwischen den vielen schwarzhaarigen Köpfen herum und wurde gefunden. Yokatta! Zu meiner Überraschung waren die beiden Mädchen wie auch

Petes Freundin in wunderschöne marineblaue und violette Sommerkimonos gekleidet und sahen unter ihrer vielen Schminke gar nicht übel aus. Meine haarigen Beine, die unter meinen kurzen Shorts hervorschauten, passten überhaupt nicht dazu. Wie so oft war ich wieder einmal nicht gerade situationsgerecht gekleidet. Die inzwischen schon hochsommerlichen Temperaturen von 30 bis 35 °C, welche auch während der Nacht nie unter 25 °C sanken, gaben aber meiner Kleidung Recht. Noch dazu war ich in den Augen der Japaner eh ein *"henna Gaijin"*, ein verrückter Ausländer, und nahm diesen kleinen Fehler gelassen hin.

Nach einer kurzen, nervenaufreibenden Fahrt mit der wie so oft bis zum Bersten vollgestopften U-Bahn wurden wir durch die stickigen U-Bahnschächte in die schwüle Sommerluft nach draußen geschoben. Pete, der trinkfeste Engländer, und ich stürmten geradezu auf einen an einer Straßenecke stehenden Getränkeautomaten zu und nach einer kleinen Erfrischung und mit für die nächsten Stunden genug Vorrat im Rucksack war es wieder erträglicher.

An den Ufern eines Flusses, unweit der schon zur Kirschblütenzeit gesehenen Münzpräge, spazierten wir entlang. Immer wieder trieben beleuchtete, buntverzierte und mit Trommelschlägen begleitete Boote flussabwärts. Die darin mit lautem Gegröle feiernden Teilnehmer des Umzuges schienen für wenige Stunden ihre Steifheit und den dazugehörenden, für die meisten *Salariman* obligatorischen Anzug abgelegt zu haben. Jene unzähligen Boote und ein für 21:00 Uhr angesagtes Feuerwerk waren die Hauptattraktionen dieses Festivals.

An einer Böschung des Flusses fanden die drei Mädchen, Pete

54

und ich noch ein freies Plätzchen und warteten plaudernd auf jenes bunte Ereignis, welches dieses Fest krönen sollte. Die aufgezogenen, tiefhängenden, wenn auch nur wenigen Wolken verhießen nichts Gutes, und als es dann endlich so weit war, konnten wir das gar nicht weit entfernte Feuerwerk nur wie durch einen Schleier sehen. Trotzdem nahm es nichts an der Stimmung, die rundherum herrschte.

Auf der anderen Seite des Flusses waren viele bunte Ständchen aufgebaut. Wir querten den Fluss über eine schmale Hängebrücke. Gleich einer der ersten Stände war für mich interessant. *"Unagitsuri"* stand darauf, was viel heißt wie "Aal angeln". Viele Kinder und auch Erwachsene standen um die Plastikwannen, in welchen dunkelgraue, bis zu einem halben Meter lange Aale schwammen. Einige Leute hatten kleinen Stöckchen, an denen ein Faden und an dessen Ende ein dreizackiger Fischerhaken befestigt waren. Die Kunst bestand darin, jenen Haken so hinter die Kiemen eines Aals zu setzen, dass er sich trotz Winden und Wehren nicht mehr befreien und geangelt werden konnte. Oft rissen die Fäden und die Haken blieben in den immer noch schwimmenden Tieren stecken. Man konnte aber auch um wesentlich mehr Geld etwas stärkere Angelschnüre kaufen und somit stieg die Chance, eines jener gequälten Tiere in einem Plastiksack mit nach Hause zu nehmen, wo es nicht selten in der Bratpfanne endete. So wurde es mir jedenfalls erzählt.

Obwohl es interessant war, die Leute zu beobachten, fand ich persönlich viel mehr Gefallen an den vielen kleinen Snacks und Süßigkeiten, die an anderen Ständen feilgeboten wurden. Einer ganz speziell für Osaka berühmten Speise konnte ich, hungrig wie ich war, nicht widerstehen. *Takoyaki* sind golfballgroße Kügelchen aus Eierteig, gemischt mit rotem Ginger und Schnittlauch, und in deren Mitte befindet sich ein leider oft sehr kleines Stück Oktopus. Gekrönt wird das Ganze mit getrockneten Fischhobelspänen und einer dickflüssigen, undefinierbaren Sauce. Schmeckt hervorragend.

Pete hatte einen *Imagawayaki*-Stand entdeckt, und da er wusste, dass ich auf solche Dinge stehe, gleich für mich mit eingekauft. *Imagawayaki* sind süße, pfannkuchenartige Laibchen von der Größe eines Tennisballes, aber flachgedrückt, gefüllt mit süßer Bohnenpaste oder Custardcreme. Weiters gab es noch Ständchen, die *Yakimochi*, verschiedenerlei *Osenbei*, *Watagashi* und zahlreiche andere Süßigkeiten anboten.

Wie erwartet endete jener Abend in einer Bar. Die beiden Mädchen und Petes Freundin hatten längst die Flucht ergriffen, als wir noch bis spät in die Nacht die begonnenen Schulferien hochleben ließen.

Das schrille Kreischen des Telefons weckte mich und meinen Kater am späten Morgen. Ich konnte es zwar nicht riechen, aber ich wusste, dass ich nach Rauch und Sake stank. Ich setzte mich auf, und obwohl das Geklingel schon längst aufgehört hatte, schien sein Echo immer noch in meinem Kopf gefangen.

Mieko klopfte an die Tür. Der Anruf war für mich. Satoko! Ihre Stimme ließ mich meine Kopfschmerzen plötzlich leichter ertragen, und als sie mir verkündete, dass sie am Abend für das Wochenende nach Osaka kommen würde, waren alle Symptome meiner durchzechten Nacht im Nu verschwunden.

Nachdem ich geduscht und mich frisch gemacht hatte, beschloss ich, ein wenig in Toyonaka und in der näheren Umgebung spazieren zu gehen. Auf der Stadtkarte hatte ich einen ziemlich großen Park, den Hattori-Ryokuchi-Koen, gesehen und dorthin wollte ich. Genug von den künstlichen Formen und Farben der Stadt wollte ich endlich wieder einmal Bäume und Natur sehen. Ein wenig hatte ich mich aber im Maßstab des Stadtplanes verschätzt, und nach über vierzig Minuten Umherirren in der Stadt glaubte ich, kaum noch auf dem richtigen Weg zu sein. Ein Junge mit einem Mountainbike pfiff an mir vorbei. An der nächsten roten Ampel hatte ich ihn eingeholt. Damals rührte sich das erste Mal der Wunsch nach so einem Drahtesel. Ein Mountainbike musste es sein, mitten in der Stadt. Wie schnell konnte man doch damit weiterkommen, wenn man die Ampeln nicht immer so brav einhalten würde. Ich verwarf die Idee aber wieder, denn mein schwindendes kleines Vermögen ließ so eine Anschaffung im Moment nicht zu.

Ich fragte ihn nach dem Weg. „Mukou", sagte er und deutete mit der Hand in die Richtung riesiger Wohnblocks. Schon war er weg. Bis dorthin wollte ich es noch probieren. Wenn dann immer noch kein Baum in Sicht sein sollte, hatte ich beschlossen aufzugeben. Glück! Gleich dahinter hörten die Häuser auf und langersehntes Grün umgab mich. Auch wenn es anfangs noch künstlich, gepflegt und mit Asphaltstraßen versehen durch den Park ging, fühlte ich mich gleich wohl und bog bald, einem kleinen Pfad folgend, in das Gestrüpp abseits der Gartenanlagen ab. Keinen Menschen um mich zu haben tat wohl. Es war ungewohnt, nur von Bäumen und Natur umgeben zu sein. Ein ziemlich großer See tauchte auf und ich sah kleinen Jungen beim Angeln zu. Ein großes Schild gleich neben ihnen sagte: „Fischen verboten". Auf einer Wiese unweit davon spielten andere Kinder mit *Taketombo*, das sind aus Bambusholz geschnitzte kleine Propeller, die, an einem daran befestigten Stäbchen gedreht, nach oben surren. Das Juchzen der Kleinen stimmte mich nachdenklich. Seit meiner Ankunft in Japan hatte ich nie an Kinder gedacht. Gesehen hatte ich sie in den U-Bahn-Stationen jeden Morgen und Nachmittag in ihren Schuluniformen. Kaum Kindern gleich saßen sie brav und unbeweglich auf den U-Bahnsitzen und träumten wahrscheinlich, von ihren Eltern beeinflusst, von irgendwelchen Universitäten, die sie einmal besuchen würden. Ich war sicher, dass die meisten von ihnen gar nicht wussten, was man in der Natur alles anfangen konnte, und sich zu Weihnachten einen Computer statt ein Skateboard oder einen Fußball wünschten. Städte Japans, Welt der leidenden, unfreien Kinder.

So gegen 17 Uhr wachte ich unter einem Pinienbaum abseits der Wiese auf. Ein bisschen Zeit hatte ich noch, um Satoko vom Busbahnhof in Umeda abzuholen, und ich streunte gemütlich weiter durch den Park. Ein kleines Bambuswäldchen tauchte auf. Faszinierend waren die langen dunkelgrünen Röhren, die dicht gedrängt und kaum gebogen zwanzig Meter und mehr nach oben geschossen waren. Das kühle, seidige Glatt der bis fünfzehn Zentimeter dicken Röhren fühlte sich angenehm an. Manche von ihnen schienen wie von einem silbernen Reif überzogen. Es roch angenehm. Mit diesen Eindrücken verließ ich den Park und war überaus glücklich, hierher gekommen zu sein und diese Erfahrung gemacht zu haben.

Die U-Bahn-Station war leichter zu finden, als ich gedacht hatte. Im Nu war ich in Umeda. Kurz vor Sieben kam Satoko und empfing mich wie immer kühl, ohne jegliche Gefühlsregung. Schon am Flughafen bei meiner Ankunft in Japan hatte ich jenes Gefühl gehabt. In der Zwischenzeit war ich aber dahintergekommen, dass Japaner generell in der Öffentlichkeit Gefühle kaum zeigen. Das oft gesehene abermalige Verbeugen von älteren Frauen, wenn sie sich voneinander verabschiedeten, war so etwas. Sie würden es vermutlich auch tun, wenn sie einander hassten, denn die Angst, vor seinem Gegenüber oder anderen Leuten das Gesicht zu verlieren, steht über ihren Gefühlen. Es gibt viele Zwänge in der japanischen Gesellschaft, die, wenn nicht eingehalten, einem Ehre und Ansehen nehmen können. Ich als Gaijin hatte es da wesentlich leichter. Dennoch versuchte ich mich den Gepflogenheiten so gut es ging anzupassen, wenn mir auch immer wieder ein Ausrutscher passierte. Nie geübt, ist es gar nicht so leicht, Emotionen zu unterdrücken.

Nach einem kurzen Bummel durch das nächtliche Umeda wollte mir Satoko noch ein ihr altbekanntes Restaurant zeigen, in welchem man eine Spezialität aus Osaka aufgetischt bekäme. Ob es dieses Restaurant in der sich rasch entwickelnden und verändernden Welt der glitzernden Geschäfte heute noch gab, war ungewiss.

Mit dem Hankyu-Zug nach Norden gefahren, liegt Shonai ungefähr in der Mitte von Umeda und Toyonaka und so direkt auf unserem Weg nach Hause. Die zwei während des Tages sehr belebten Einkaufsstraßen auf der westlichen Seite der Gleise waren immer noch voll mit Leuten. Shonai schien mir ein liebliches Städtchen zu sein, und die Lichter der inzwischen geschlossenen Geschäfte in den überdachten Straßen warfen ein warmes Licht auf die Schaufenster. Manche Geschäfte waren sogar jetzt noch, schon kurz vor 21:00 Uhr, geöffnet. Ganz am Ende einer dieser Einkaufsstraßen, in ein kleines Gässchen abgebogen, fanden wir endlich jenes Restaurant, von dem Satoko so schwärmte. "*Okonomiyaki*" war in chinesischen Zeichen groß angeschrieben und in der Auslage befanden sich mindestens vierzig wirklichkeitsgetreue Nachbildungen aus Wachs. Okonomiyaki sind Fladen aus Ei, Mehl und Wasser, in die feingehackter Kohl, Schnittlauch und rosaroter Ginger gemischt werden. Die gängigsten Arten sind mit Schweinefleischstreifen oder Tintenfisch belegt und mitgebraten. Hier gab es jedoch die verschiedensten Variationen mit allen nur erdenklichen Meeresfrüchten, verschiedenen Arten Fleisch, Gemüse und Käse und noch vieles mehr. Durch die halb mit einem Stoffvorhang versteckte Tür traten wir in den mit Rauch und brutzelnden Kochgeräuschen erfüllten Raum. „Irassaimase", wurden wir vom Chef des Lokals willkommen geheißen. Sein Goldzahn funkelte einige Male, als er uns lächelnd an einen Tisch seiner Wahl führte. Es war ein ganz uriges Lokal. Alt, der Boden schmutzig, die Wände gelb vom Rauch und vollgehängt mit Papierstreifen, auf denen jeweils die Art des Okonomiyaki und der Preis geschrieben standen, war es wirklich nur von der lokalen Bevölkerung besucht. Die Tischoberfläche war eine mit Gas beheizbare Stahlplatte, auf der man anstatt auf Tellern die bestellten Speisen serviert bekam.

Ich bestellte einen dieser Fladen mit Reiskuchen und gebratenen Lachsstücken, Satoko einen mit dünnen Nudeln und Schweinefleischstücken darin. Während wir warteten, beobachtete ich die am Nachbartisch sitzenden, mit vom Sake geröteten und erhitzten Gesichtern in eine wilde Diskussion verstricken Salariman, das Wort für japanische Geschäftsleute. Ich konnte kaum glauben, dass dies jene Leute waren, die morgens in der U-Bahn mit steinerner Miene, ohne jegliche Zeichen von Emotion, stillschweigend zur Arbeit fuhren.

Brutzelnd lagen dann endlich zwei kreisrunde Fladen vor uns auf dem Tisch. Mit dicker, würziger Sauce bestrichen und darüber getrocknete Fischflocken gestreut, tat ich meinen ersten Bissen. Es schmeckte vorzüglich. Die anfängliche Zurückhaltung beim Probieren neuer Speisen war nur Einstellungssache und ich hatte sie schon vor längerer Zeit abgelegt. Gerade das Probieren bildete den großen Reiz. Mit Okonomiyaki hatte ich ganz eindeutig eine gute Erfahrung gemacht. Noch des Öfteren würde ich wieder hierherkommen, so beschloss ich, nachdem wir uns gesättigt und zufrieden auf den Nachhauseweg begaben.

An jenem Abend machte mir Satoko eine überaus erfreuliche Mitteilung, die mein Leben eindeutig wieder verändern würde. Sie hatte nämlich von ihrer Sprachschule ein Angebot bekommen, in deren Zweigstelle in Toyonaka als Aufsichtslehrer und Stütze des dortigen Managers zu arbeiten. Natürlich hatte sie sofort angenommen und somit blieben ihr nur noch zwei Wochen in Tottori. Diese kleine Stadt am Japanischen Meer ist überaus berühmt für ihre überdimensionalen weißen Sanddünen. Ich beschloss, da ich ohnedies Ferien hatte, Satoko auf ihrem nächsten Trip dorthin zu begleiten.

Die zum Trocknen ausgebreiteten Netze stanken nach Fisch und Meerwasser, die bunten Boote, die mit Seilwinden an Land gezogen worden waren, standen wie in Reih und Glied bereit zur nächsten nächtlichen Ausfuhr. Ich schlenderte an einer offenen Lagerhalle vorbei. Frauen mit dicken Plastikschürzen und Gummihandschuhen waren gerade geschäftig dabei, die gefangenen Fische aufzuteilen und auszunehmen. Männer waren keine zu sehen. Etwas weiter von jener Halle entfernt waren kleine, silbrige Fische auf einem Stahlgitter zum Trocknen aufgelegt. Alles schien hier im Hafen auf das Fischen ausgerichtet zu sein. Ich wanderte weiter und fand endlich jenen hölzernen Steg, der mir von Satokos Arbeitskollegen beschrieben worden war.

Den Köder ausgeworfen, mein Angelzeug links und eine Dose Bier rechts von mir saß ich, meine Füße ins Wasser gehängt, ganz draußen am Ende jenes Steges und kann jetzt den Frieden, den ich damals empfand, gar nicht recht beschreiben. Nichts um mich herum außer die ruhige See und ein angenehmes Lüftchen, welches meine durch die starke Sonneneinstrahlung erhitzte Haut kühlte, störten meinen Frieden oder schmerzten meine Ohren. Vom erhofften Anglerglück war ich an jenem Nachmittag aber verlassen und außer einem Ballen Seetang fing ich nichts. Kaum enttäuscht, eher glücklich, den Nachmittag so schön verbracht zu haben, radelte ich so gegen fünf wieder Richtung Stadt.

Tottori-Stadt selbst liegt ein paar Kilometer vom Hafen entfernt im Landesinneren. Bei meiner Ankunft mit dem Bus konnte ich mir eine Ähnlichkeit mit Brighton nicht nehmen lassen. Jetzt, schon vier Tage hier, fand ich die von Souvenirgeschäften gesäumten, breiten Straßen doch ein wenig anders. Das Leben in dieser Stadt war wenig aufregend. Die ansässigen Leute schienen mir ruhig und von jeglichem Stress verschont geblieben. Die wenigen Bars und Restaurants reizten kaum zu nächtlichen Eskapaden, und Satoko und ich verbrachten die meisten Abende zu Hause mit Kochen oder auf dem Balkon ihrer Wohnung. Fisch, so sagte man mir, sei in Tottori sehr frisch, und die tägliche große Auswahl an Meeresfrüchten in den Kühlanlagen des Supermarktes schien dies zu unterstreichen. Ich übertrieb es wieder einmal und kaufte, da ich keine essenswerte Fische angelte, jeden Tag die verschiedensten Arten davon. Fast jeden Abend mussten wir wegen des Gestanks nach heißem Öl und gegrilltem Fisch aus unserer Wohnung auf den Balkon flüchten. Satoko war gar nicht begeistert davon.

Endlich zwei freie Tage für Satoko. Wir beschlossen schwimmen zu gehen. Wo könnte man das besser tun als bei den immer noch nicht gesehenen berühmten Sanddünen. Mit dem Fahrrad etwa eine dreiviertel Stunde teils bergauf der Küste entlang geradelt, erreichten wir endlich verschwitzt einen Pinienhain, dahinter sahen wir den ersten Sand. Und tatsächlich, eine in dieser Gegend kaum erwartete riesige, ich schätzte ungefähr 30 Meter hohe und zum Meer steil abfallende Sanddüne lag vor uns. Leute gab's natürlich wie fast überall in Japan viele, jedoch verlor sich die Menge in der weiten Sandfläche. Ganz schön zum Lachen brachten mich zwei Kamele, die unerwartet auftauchten. Wie auch bei uns in Europa werden alle nur erdenklichen Attraktionen genutzt, um Touristen das Geld aus der Tasche zu locken, doch hier in Japan auf einer einzigen Sanddüne zum Fotografieren und für einen hohen Preis auch zum Reiten abgestellte Kamele zu finden heiterte mich wirklich auf. Zwei Frauen mit Strohhut saßen darauf. Ich machte ein Foto.

Wir ließen uns ein wenig abseits der Touristenfalle hinter der Düne an einem breiten Strand nahe der Wasserlinie nieder. Das Wasser war unglaublich sauber, leuchtete grünlichblau, und die hereinrollenden brechenden Wellen reizten mich, den angelegten Straßenstaub abzuwaschen. Es war hervorragend kühl und erfrischend und ich planschte herum und sprang in die Wellen wie ein kleines Kind. Erst später wies mich Satoko darauf hin, dass dies Japan sei und dass sich ganz besonders Männer in diesem Land nicht so kindisch aufführten. Ich ignorierte es. Ich wusste, dass all die, die mich belächelten, sich nur genauso gerne so benommen hätten wie ich, wenn sie ihre Hemmungen hätten ablegen können. Satoko und ich spazierten in der der Menschenmenge abgewandten Richtung den Strand entlang. In einiger Entfernung sah die Wasserlinie sauber aus, doch in den etwas höheren Lagen des Strandes, welche vom Wasser nur bei Flut erreicht werden, hatte sich alles mögliche Treibgut angesammelt. Man kann gar nicht glauben, was Leute alles ins Meer werfen. Das meiste musste von Transportschiffen oder Fischerbooten stammen. Styropor und Plastikbojen, Teile von Fischernetzen, Bälle und Plastiksäcke, Flaschen und teils mit Seetang bewachsene Treibhölzer lagen herum. Immer schon hatte ich eine Vorliebe für runde Dinge gehabt und sammelte alles Mögliche. Zurück am Liegeplatz hatte ich drei Golfbälle, eine große weiße Styroporkugel und ein paar kleine Schwimmer für mein Angelzeug gefunden. Wieder wurde ich ausgelacht.

Ich verbrachte eine schöne Zeit in Tottori. Diese kleine liebliche Stadt blieb mir lange in schöner Erinnerung. Leider vergingen die Tage dort im Nu und schon war es an der Zeit, wieder nach Osaka zurückzukehren. Satoko blieb noch drei Tage länger, um ihre letzten Vorbereitungen zu treffen. Der Abschied von Tottori fiel mir nach nur zehn Tagen schon schwer. Ich konnte mir vorstellen, was Satoko fühlte.

Zurück in Osaka rief ich gleich Gilles an, doch hatte er für jenen Abend schon ein "Rendezvous", was bei ihm nicht selten vorkam. Wir verabredeten uns für den nächsten Tag zum Fischen in Suma, einem langen, breiten Sandstrand unweit von Kobe. Wir trafen uns am Bahnhof in Shukugawa, wo Gilles wohnte, denn es lag auf dem Weg nach Kobe, und so musste er nur zusteigen und es ging weiter. Schon von weitem erkannte ich ihn, auf dem Bahnsteig stehend, unrasiert, doch strahlend über das ganze fast spitzbübisch wirkende Gesicht. Ich wusste gleich, wie die letzte Nacht für ihn geendet hatte. Irgendwie beneidete ich ihn für seine Freiheit, denn ohne Freundin konnte er machen, was er wollte, so lange er es mit seinem Gewissen vereinbaren konnte. Doch sein Gewissen drückte ihn kaum. Eher noch drückte ihn seine Geldtasche, denn mit Mädchen in Japan auszugehen ist nicht gerade billig. Mit seinem französischen Dialekt erzählte er mir dann, mit dem Schnellzug Richtung Sannomiya fahrend, in Englisch jedes einzelne Detail seiner durchgemachten Nacht, und seine gestikulierende Art sich auszudrücken, brachte mich immer wieder zum Lachen. Was mussten da erst die uns umgebenden Japaner denken? Eigentlich benahmen wir uns gar nicht komisch, sondern vielmehr so, wie sich eben Europäer unterhalten, nur ist das nicht die Art wie es Japaner für gewöhnlich in öffentlichen Verkehrsmitteln tun.

In Sannomiya, dem Hauptbahnhof von Kobe, mussten wir umsteigen. Nach über vierzig Minuten Fahrt kamen wir endlich am Ziel an. Da ich schon des Öfteren hierher gekommen war um zu fischen, wusste ich ungefähr Bescheid, auf welchem Betonsteg sich viele Angler aufhielten. Gilles erging es gleich wie mir. Wir hassten große Menschenansammlungen. Schlussendlich entschieden wir uns für einen abgelegenen Schiffsanlegeplatz wo es niemanden gab, vermutlich aber auch keine Fische. Trotzdem, besser schlecht geangelt, als sich den ganzen Nachmittag Fischerlatein anhören zu müssen. Wir hätten es wahrscheinlich eh nicht verstanden, jedoch war auch unser Platz noch dem Lärm von Hunderten von sonnenhungrigen, am Strand liegenden Leuten recht nahe.

Es tat gut, wieder einmal so richtig zu plaudern ohne denken zu müssen. Ich hatte schon fast meinen ausgelegten Köder vergessen, als meine Angelrute plötzlich ganz ruckartig zu zucken begann. „Der Stärke des Zuckens nach zu urteilen mindestens einen halben Meter lang!", so schätzte ich, während ich langsam die Leine einholte. Schallendes Gelächter musste ich hören, als mein erwartet großer Fang schlussendlich vor mir auf dem Boden lag. Ganze zwölf Zentimeter hatte mein stolzer erster Fisch des Tages. Gut, dass es keine Leute um uns gab. Dennoch war es kein gewöhnlicher Fisch. Kugelrund mit einem Maul, fast dem Schnabel eines Papageis ähnlich, die Oberseite wie der Tarnanzug eines Soldaten grün und braun gefleckt, die Unterseite strahlend weiß, hatte ich einen Fugu, einen Kugelfisch, gefangen. Immer wieder verlor er sein Volumen und sackte zusammen wie ein Ballon dem die Luft entweicht, doch mit dem Finger kurz gekitzelt, blähte er sich mit einem gurrenden Geräusch wieder auf. Lange wollte ich ihn nicht quälen und gab ihn gleich wieder dem Meer zurück. Auch Gilles hatte sich wieder beruhigt. Nur noch ein breites Grinsen war für einige Zeit auf seinem Gesicht geblieben.

Im Laufe des Nachmittags fingen wir ausschließlich Fugu und als Gilles, der kleine Belgier, seinen ersten fing, war das ganz und gar nicht mehr lustig für ihn.

Unsere Ferien waren fast vorbei. Eine Woche blieb uns und immer noch hatten wir kein richtiges Abenteuer erlebt. In der stechenden Nachmittagssonne sitzend überlegten wir hin und her, wo wir für die restlichen Tage hinfahren könnten. Es gab viele Orte, die ich sehen wollte. Das südliche Kyushu in der Nähe von Miyazaki und die Gegend von Kagoshima seien wunderschön und interessant, aber auch etwas näher gelegen hätte mich schon die Insel Shikoku gereizt. Ohne es selbst richtig ernst zu nehmen, sagte ich: „Wie wär's mit Mt. Fuji?" Gilles war sofort begeistert. Ich versuchte noch ein paar andere Vorschläge zu machen, doch nichts konnte ihn mehr von diesem sofort zur fixen Idee gewordenen Abenteuer abbringen. Je mehr ich darüber nachdachte, desto besser gefiel auch mir die Idee, diesen höchsten Berg Japans zu besteigen. Ich hatte schon früher gehört, dass jetzt im Hochsommer, kurz vor den Feiertagen Obon, die beste Zeit sei, um dort hinaufzusteigen. Unser Angelzeug längst verstaut, lagen wir noch lange Zeit im Sand, starrten nach oben zu den Seemöwen die hoch über uns kreisten, und schmiedeten Pläne für den morgigen Tag.

Zu Hause angekommen erzählte ich Mieko und Yoshinobu von unserem Vorhaben. Mieko meinte sofort, dass es doch so schöne, organisierte Busreisen zum Mt. Fuji gäbe, und schüttelte den Kopf, als ich ihr erzählte, dass wir per Autostopp dorthin wollten. Das war zu viel für sie und sie wandte sich daher sofort wieder, immer noch kopfschüttelnd, ihren Kochtöpfen zu.

Autostoppen in Japan. Nie zuvor hatte sie je einen Autostopper in Japan gesehen. Und es gäbe auch keine, denn niemand würde stehen bleiben, das sei sicher. Yoshinobu dagegen war gleich begeistert. Fast wie mein Vater saß er neben mir am Boden, über die hervorgezogene Landkarte gebeugt, und erklärte mir, wie wir am besten nach Shizuoka, dem südlich von Tokyo gelegenen Distrikt, kämen. Er liebte es auf Landkarten zu schauen. Gemeinsam also überlegten wir, wie Gilles und ich es angehen könnten, und bekamen einige nützliche Tipps von ihm. Zum Schluss lief er aus dem Haus zum nächsten Convenience-Store um die Ecke und machte dort noch Kopien der Landkarte rund um Mt. Fuji.

Inzwischen hatte ich auch meinen Rucksack gepackt, meinen Schlafsack oben aufgebunden und noch einmal mit Gilles, dem die Aufregung sogar noch über das Telefon anzuerkennen war, telefoniert. Wir verabredeten uns für 7:00 Uhr in der Frühe – Umeda.

17. August: Um aus dem Gewirr der Stadt herauszukommen auf die Autobahn, wo wir am ehesten glaubten, mitgenommen zu werden, hatten wir vor einen City-Express-Bus nach Nagoya, der nächsten großen Stadt östlich von Osaka, zu nehmen. Es war eine angenehme Fahrt.

Noch bevor der Bus wieder in den Verkehrswirbel Nagoyas eintauchen konnte, kurz nach einer Autobahnausfahrt, baten wir den Busfahrer uns aussteigen zu lassen. Da standen wir nun. Außer Fabrikhallen, Staub und schlechte Luft der Industriezone, in der wir uns befanden, gab es nichts. Keine Leute, kaum Autos, alles tot rund um uns.

Mit der herabbrennenden Sonne kamen erste Zweifel auf. Wohin jetzt? Da sowohl Gilles als auch ich noch keine Zeit aufbringen konnten auch nur irgendetwas zu frühstücken, begannen wir, auf einem staubigen Randstein sitzend, unseren eigentlich für die Bergtour mitgebrachten Proviant zu verschlingen. Mieko war wie so oft schon zeitig vor mir aufgestanden und hatte ein wunderschönes Obento mit Onigiri, Würstchen und hartgekochten Eiern, kleinen Tomaten und geschnittenen Gurken zubereitet. So liebevoll zubereitet und dekoriert war das Ganze in einer kleinen Box, dass es fast schade war es zu essen. Endlich gesättigt saßen wir aber immer noch recht ratlos am Straßenrand. Inzwischen war es schon kurz vor Zehn und wir waren kaum weitergekommen. Nach vielem Hin und Her entschieden wir uns doch die fast zwei Kilometer bis zur nächsten Autobahnauffahrt zurückzugehen. Was blieb uns schon anderes übrig?

Endlich waren wenigstens wieder Autos in Sicht. Unsere Stimmung hatte sich wesentlich gebessert. Auf einen in einer Mülltonne gefunden Pappkarton schrieben wir mit einem dicken, vorsorglich mitgenommenen schwarzen Stift unsere erste Destination. Shizuoka!

Die ersten vier Autos pfiffen an uns vorbei, ohne auch nur eine Bremsung anzudeuten, die erstaunten Gesichter der Leute darin brachten uns aber ganz schön zum Lachen. Besonders die Familie im letzten Wagen starrte uns unverhohlen an, die Mutter machte sogar noch ihre Kinder mit ihren ausgestreckten Fingern auf uns aufmerksam. Wir krümmten uns vor Lachen. Just in dem Augenblick hielt nur wenige Meter vor uns der erste Wagen. Unsere Überraschung war groß, als wir ganz unvermutet einen Ausländer hinter dem Steuer sitzen sahen. Philippe, ein Brasilianer, war unterwegs nach Toyohashi, einer kleineren Hafenstadt weniger als 80 Kilometer entfernt von unserem momentanen Aufenthaltsort. Wenn auch nicht weit, so war es immerhin etwas, und mit lauter Heavy-Metal-Musik im Ohr ging es zumindest in die richtige

Richtung. An einer Autobahnraststätte kurz vor Toyohashi versuchten wir unser Glück noch einmal und das schien gar nicht so aussichtslos, denn dort gab es Autos noch und nöcher. Etwas, das wir vor dem Antritt unserer Reise nicht beachtet hatten, war, dass in Japan Mitte August ein ganz besonderes Fest im ganzen Land gefeiert wird, nämlich Obon. An mehreren Feiertagen wird die Heimkehr der Seelen der verstorbenen Verwandten gefeiert. Überall gibt es an jenen Tagen in den frühen Abendstunden Feste und oft riesige Feuerwerke. Ich hatte darüber eigentlich nur gelesen und wusste genau wie Gilles nur recht wenig darüber. Da freie Tage für die arbeitenden Japaner das ganze Jahr über recht knapp bemessen sind, werden diese Tage von abertausenden urlaubshungriger Japaner zum Reisen genutzt. Und das war gar nicht schlecht für uns.

Hinter uns hupte es ungeduldig. Ein weißer Sportwagen wollte vorbeigelassen werden, doch als wir ausstellten, fuhr er neben uns und hielt. Ein etwas schlaksiger, ungefähr 50 Jahre alter Typ mit faltigem, tiefbraunem Gesicht deutete auf unser am Rucksack befestigtes Schild und wies uns an, einzusteigen. Mit so viel Glück hatten wir wirklich nicht gerechnet. Kaum 15 Minuten später hatten wir den Stau an den Tankstellen der Raststätte hinter uns gelassen und fuhren zügig unserem Ziel zu.

Sonoda-san war nicht allein in seinem Auto. Neben ihm saß seine neunzehnjährige Tochter, die der eigentliche ausschlaggebende Grund für unsere Mitnahme war, denn die wollte ganz eindeutig ein wenig ihre Englischkenntnisse auffrischen. Ihr Vater war mir gleich sympathisch, Gilles stand mehr auf das Mädchen, was man auch sofort merkte und mir vor dem freundlichen Vater fast peinlich war. So gut es ging unterhielten wir uns und erzählten von unserem Vorhaben den Mt. Fuji zu besteigen. Schon dreizehnmal sei er dort oben gewesen, begann er zu schwärmen. Es sei ein wunderbarer Berg und wenn wir irgendwelche Fragen bezüglich des Besteigens hätten, dann sollten wir ihn fragen.

Die Landschaft, durch die wir fuhren, war hügelig und abwechslungsreich. Immer wieder tauchte die Küste auf, und Blicke auf das offene, dunkelblaue Meer und die sanftgrünen, exakt zugeschnittenen, sich in Reihen an die Hänge der Hügel schmiegende Teeplantagen wechselten sich ab. Zusammen mit dem fast makellosen Himmel war es ein wahres Vergnügen, durch jene Landschaft zu fahren.

Sonoda-san und Tochter wollten nach Shizuoka City, welche direkt am Fuße von Mt. Fuji lag. Von dort aus wollten wir, da es uns unmöglich schien per Autostopp bis zur Gogoume, der Mittelstation von Mt. Fuji, zu kommen, mit dem Bus weiterfahren. Von weitem schon war die Silhouette des riesigen, vorübergehend nicht aktiven Vukankegels zu sehen. Imposant und steil gingen die anfangs sanften rötlich-schwarzen Bims- und Aschenhänge am schroffen Gipfel zusammen. Ein wahrlich faszinierender Berg und jetzt, so unmittelbar vor ihm stehend, ließen seine Höhe von über 3700 Metern und die Gleichmäßigkeit seiner Hänge die jahrhundertelange Verehrung, die die Japaner für diesen Berg hegten, verstehen.

Gilles hingegen hatte nur Augen für die Kleine, die vor ihm saß, und für Mt. Fuji lediglich einen kurzen Kommentar übrig. Sie tauschten gerade Adressen aus. Ein wenig musste ich schon in mich hineinlachen, als ich ihn dabei beobachtete. Kurz nachdem wir von der Autobahn abgefahren waren bat ich Sonoda-san uns doch an einer für ihn günstigen Stelle aussteigen zu lassen. Er hatte uns wahrlich schon fast bis an unser Ziel mitgenommen und ich wollte dem freundlichen Kerl somit nicht länger zur Last fallen. Wir waren am Fuße von Mt. Fuji und es war noch nicht einmal 2:00 Uhr nachmittags.

Doch mit dem Aussteigen wurde nichts, denn Sonoda-san wollte nicht stehen bleiben. Er murmelte etwas vor sich hin, beriet sich kurz mit seiner Tochter und sagte schließlich, dass wir sicher per Autostopp heute nicht mehr zur Gogoume kämen und er uns ganz einfach dort hinauffahren würde. Er hätte genug Zeit heute und es würde ihm überhaupt nichts ausmachen. Mit so viel Freundlichkeit und vor allem Glück hatten wir nicht gerechnet. Es war mir etwas unangenehm und gar nicht so leicht ohne Widerrede sein Angebot anzunehmen. Irgendwie schien er mir fast geehrt, dass zwei Gaijins auf solche Weise "seinen" Berg besteigen wollten. Wir ließen ihn. Kurz hielten wir noch vor einem Supermarkt um Proviant und Wasser einzukaufen, und dann ging es auf einer breiten Mautstraße aufwärts. Außer Wald sahen wir die erste halbe Stunde nicht viel. In steilen Serpentinen ging es nach oben. Erst als es ein wenig lichter wurde, merkten wir, dass wir schon fast das von unten gesehene Hochplateau erreicht hatten. Immer weiter ging es hinauf, als endlich der Wald aufbrach und die Sicht auf die weiten bewaldeten Flächen im Flachland und die dazwischenliegenden Städte freigab. Nach oben hin, bis zur Mittelstation, schien es überhaupt nicht mehr weit. Ungefähr zwei Kilometer davor begannen zuerst auf der Bergseite, kurz danach beiderseits der Straße Autos zu parken, und durch die von oben herabkommenden Autos wurde ein Weiterkommen schier unmöglich. Wie wir erfahren hatten, war Mitte August die beste Zeit, um den Mt. Fuji zu besteigen.

Wir waren also nicht die Einzigen hier. Hunderte Autos und unzählige Touristen gab es vor uns, so mussten wir erkennen. Sonoda-san hätte uns wahrscheinlich geduldig auch noch ganz bis zur Gogoume gebracht, doch diesmal bestanden Gilles und ich auf das Aussteigen. Wir bedankten uns herzlichst. Sein breites Lachen auf seinem ledrigen Gesicht, als er uns Glück wünschte und wir uns verabschiedeten, werde ich sicher nie vergessen.

16:50 Uhr – Gogoume, Mittelstation auf 2300 Metern Seehöhe. Rund 1500 Höhenmeter hatten wir vor uns. Unwirklich sah die schroffe Mondlandschaft aus erstarrter Lava und Bims über uns aus. Ab und zu zogen kleine abgerissene Wolkenfetzen dicht am Boden entlang auf uns zu und verschlangen uns für einige Momente, bis uns die späte Nachmittagssonne wiederhatte und uns heiß auf Nacken und Kopf schien. Der Schweiß rann in Strömen und mein T-Shirt klebte unter meinem Rucksack auf meinem Rücken. Die uns am Anfang quälende schreiende und überall Fotos schießende Menschentraube hatten wir endlich hinter uns gelassen. Erleichtert stellten wir fest, dass die meisten von ihnen nicht vorhatten, weiter hinaufzusteigen, und vermutlich nur Ausflügler waren. Dennoch waren wir nicht allein. Ein ständiger Strom von Leuten kam uns von oben entgegen. Unsere Stimmung war trotzdem hervorragend, denn bald würde auch jener versiegen.

Wie wir von Sonoda-san erfahren hatten, gab es auf dem Weg bis zum Gipfel einige Hütten, in die wir einkehren und zur Not auch übernachten konnten. Die meisten Leute, die wirklich bis ganz nach oben wollten, würden während der Nacht und am frühen Morgen aufsteigen, um von dem sich am Gipfel befindlichen Schrein aus den Sonnenaufgang zu beobachten. Sozusagen hatten Gilles und ich also einen Vorsprung und wollten diesen noch bei Tageslicht so weit es ging ausbauen. Der anfangs breite Fußweg wurde unvermittelt schmaler und zwang sich bald zwischen grau-schwarzen und rötlichen Gesteinsbrocken und riesigen Felsen steil nach oben. Teilweise waren auch Seile angebracht, um, wie ich annahm, den Weg zu zeigen, doch wurden diese auch von vielen Leuten vor uns als Aufstiegshilfen benutzt. Die porösen, leichten Steine knirschten dumpf unter unserer Last. Scharfkantige, griffige Felsen gaben unseren Sportschuhen guten Halt und nahmen jegliches Gefühl von Unsicherheit. Für jeden Schritt, den es mühsam nach oben ging, entlohnte uns der Ausblick auf das vom inzwischen schon recht flach einfallenden Abendlicht gelblich leuchtende Land unter uns. Teilweise war es schon vom dumpfen Schwarz der Dämmerung überzogen, und auch hier oben bei uns schien sich das wärmende Licht der untergehenden Sonne nicht mehr lange zu halten.

Knapp unterhalb einer der wenigen Schutzhütten taumelte eine mit Kniehose und kariertem Hemd auf älplerisch gestylte Japanerin. Gerade als ich an ihr vorbeiwollte, bemerkte ich noch rechtzeitig den Strom Erbrochenen, der ihr plötzlich aus dem Mund schoss. Weißgesichtig und heftig atmend kramte sie in ihrem Rucksack nach Taschentüchern. Die ungewohnte Höhe machte auch uns zu schaffen, wenn auch nur beim Atmen.

Kurz oberhalb jener Hütte wurde es schattig und mit einem Male auch kalt und dunkel. Sicherlich hatten wir schon 3000 Meter Seehöhe erreicht. Etwas abseits des Weges fanden wir ein kleines, fast waagrechtes, von großen Felsen windge-schütztes Plätzchen und entschieden uns, dort bis zum frühen

Morgen zu campieren. Vor der Kälte flüchtend, saßen wir in unseren Schlafsäcken, in das von Gilles mitgebrachte aber unaufgebaute Zelt geschlüpft und warteten, unseren Proviant von zwei Kilo Bananen und Schokolade essend, auf die rasch einfallende Nacht. Tief unter uns flimmerten die Lichterherde der Städte. Da und dort wurden Feuerwerke abgehalten und die explodierenden Raketen bildeten rote und gelbe wie kleine Seifenblasen platzende Kreise. Es war sicher heiß dort unten auf den Matsuris und Festen, die in vielen Städten und Ortschaften zur Obonzeit gefeiert wurden. Hier oben wurde der unendliche Friede nur von dem Stimmengewirr der Leute aus der etwas unter uns liegenden Hütte gestört, doch gab es uns zugleich auch das beruhigende Gefühl von Sicherheit in dieser so unwirtlichen Landschaft.

An Schlaf war trotz unserer Müdigkeit nicht zu denken. Der durch die Risse der Felsen pfeifende Wind, die Kälte, der unebene, harte Untergrund und ebenso die ständig pochenden, wenn auch leichten Kopfschmerzen, die sowohl Gilles als auch ich verspürten, hielten uns davon ab, längere Zeit durchzuschlafen. Die Zeit wollte nicht vergehen.

2:00 Uhr früh. Doch ein wenig erholt beschlossen Gilles und ich, uns der inzwischen zu einer Kolonne von hunderten Lichtern gewordenen Bergsteigerschar anzuschließen. In die durch das lange Liegen und die Kälte steif gewordenen Glieder kam langsam wieder Wärme. Es war mühsam, ohne eigene Taschenlampe den Weg zu finden, und so stolperten wir den schroffen Weg hinauf und versuchten uns so gut es ging an den Lichtern anderer zu orientieren. Nach unten schien die Lichterkette endlos zu sein. Leichter Sprühregen setzte ein. Dennoch, der anfangs so starke Wind hatte nach-gelassen und es war nicht unangenehm, wenn auch immer noch kalt. Jegliches Zeitgefühl hatte ausgesetzt und ich wusste nicht mehr, ob wir eine halbe Stunde oder schon drei gegangen waren, jedenfalls stand ich irgendwann unter einem Torii und es schien nicht mehr weiter nach oben zu gehen. Kleine Hütten tauchten auf aber um sich zu orientieren, war es immer noch zu dunkel. Dennoch, das hier musste der Gipfel sein, 3776 Meter über dem Meer. Erleichterung und Freude. Gegen Osten hin begann sich der dunkle Nachthimmel langsam aufzuhellen und die Konturen eines sich davon abhebenden kleineren Hügels wurden erkennbar. Von dort aus beschlossen wir, den Sonnenaufgang zu beobachten, nur waren wir nicht die einzigen. Dutzende Schaulustige hatten sich schon eingefunden. Gedränge auch hier am Gipfel des Mt. Fuji. Gilles sarkastische Andeutungen darüber heiterten mich ein wenig auf, denn wohl hatte ich mit einer Menge Leute gerechnet, nicht jedoch mit so einem Gedränge.

4:53 Uhr. Die ersten orangen Sonnenstrahlen begannen am Horizont aufzublitzen. Unglaublich schön war das Lichtspiel der in nur wenigen Minuten die stahlblaue Nacht verdrängenden Sonne, welche alles um uns herum in warmes Orange tauchte. All die Anstrengungen und Leiden der letzten Nacht waren vergessen. Ohne Worte, nur in unsere Gefühle und Gedanken vertieft, saßen wir dort und genossen die Wärme, die das Licht mit sich brachte.

Der Gipfel selbst war ein riesiges Plateau in dessen Mitte ein tiefer Krater lag. Immer noch schattig, ließ das dunkle Loch erahnen, welche Macht es besessen haben musste, als der Mt. Fuji noch aktiv war. Am eigentlichen Gipfel, dem höchsten Punkt des Kraterrandes, gab es eine Wetterstation deren weiße Kuppel hell leuchtete. Nachdem wir gefrühstückt hatten, erklommen wir auch noch das letzte Stück und standen wenig später auf dem höchsten Punkt. Wunderbare Fernsicht auf der einen Seite, das Wolkenmeer, genannt Unkai, auf der anderen.

Unseren Abstieg begannen wir auf der der Aufstiegsroute gegenüberliegenden Seite, Richtung Gotenba. Auf riesigen Brocken Lavagerölls führte uns ein schmales Steiglein die ersten paar hundert Meter steil nach unten. Immer wieder gab der Schutt unter unserer Last nach und unsere Füße rutschten weg. Meistens konnten wir es ausgleichen oder wir fielen rücklings auf unsere Rucksäcke. Doch Gilles wollte Schmerz spüren. Um mehr Gewicht auf das poröse, leicht nachgebende Gestein zu geben und so stärker zu rutschen, fing er an, abwärts zu laufen, und schon beim ersten Knick des Weges geschah es, dass er sein Gleichgewicht verlor und nach einigen Überschlägen tief unter mir kopfüber liegen blieb. Als ich endlich bei ihm war, saß er wieder und betrachtete sein aufgeschlagenes Knie, aus dem ein wenig Blut sickerte. Nachdem er mir versichert hatte, dass sonst alles in Ordnung sei, und wir die Wunde mit etwas Heftpflaster abgedichtet hatten, konnte ich mir eine schadenfreudige Bemerkung einfach nicht mehr verkneifen und gestand ihm mit grinsendem Gesicht meine Bewunderung für diese so gekonnte Aufführung. Gilles nahm es mit Humor.

Je weiter wir abstiegen, desto feiner und weicher wurde das Gestein. Was Gilles und ich aber nicht beachtet hatten war, dass, während wir beim Aufstieg mit dem Auto bis auf eine Höhe von fast 2300 Metern fahren konnten, es diesseitig keine Möglichkeit gab, mit einem Auto auch nur ein wenig heraufzukommen. Somit blieb uns, wie wir während des Abstiegs etwas überrascht feststellen mussten, nichts anderes übrig, als ganz bis zum Fuße des Berges zu laufen. Da der Mt. Fuji aber nur ganz oben sehr steil ist und je weiter man nach unten kommt flacher wird, zogen sich die 3700 Höhenmeter ganz schön in die Länge. Noch dazu kamen die vielen Serpentinen des Pfades, der sich im Zick-Zack-Kurs dahinschlängelte. Unseren letzten Tropfen Wasser hatten wir noch am Gipfel getrunken und die uns einheizende Sonne tat ihr Übriges. Der Abstieg wurde zur Qual.

Nach über fünf Stunden ununterbrochen Bergablaufens kamen wir schweißgebadet, mit unzähligen Steinen und Sand in unseren Schuhen, endlich zur ersten bewirtschafteten Hütte. Die letzten Kilometer auf dunkelgrauen, von der Sonne aufgeheizten dampfenden Schutt- und Aschenhalden hatten uns ausgelaugt. Ein Brunnen. Unbegrenzt Wasser. Den Gedanken an eine heiße Quelle, die wir in Gotenba finden könnten, hatte uns ein noch mehr als wir leidender japanischer Kollege ins Ohr gesetzt. Der Gedanke, in heißem Wasser zu liegen, unsere wunden Füße zu entspannen und dazu ein perlendes Bier zu trinken, war für die letzten Stunden unser Freund geworden und den wollten wir auch jetzt nicht so einfach wieder scheiden lassen.

Nachdem wir ausgiebig gerastet, uns mit angenehm kaltem Wasser gewaschen und unsere T-Shirts gewechselt hatten, ging es an die Suche eines Autos, welches uns in das immer noch ferne Gotenba mitnehmen könnte. Uns auf das Glück oder die Gutmütigkeit anderer zu verlassen hatten wir keine Lust mehr. Schnell war an eine Autoscheibe geklopft. Das neunzehnjährige, verliebt aussehende Pärchen war leicht überzeugt.

14:30 Uhr – Gotenba Onsen. Die Inselwelt Japan ist, der Mt.

Fuji ist wohl der bedeutendste Zeuge davon, vulkanischen Ursprungs und die Bevölkerung ist seit Urzeiten daran gewöhnt mit Erdbeben, Vulkanausbrüchen und sonstigen postvulkanischen Erscheinungen zu leben. Eine der nützlichen Erscheinungen ist natürliches, tief in der Erde durch heißes Gestein erwärmtes Wasser, das schwefel-, jod- oder eisenhaltig, zischend oder auch nur leicht wallend an die Oberfläche quillt und fast über die ganze Inselwelt verstreut vorkommt. Seit Jahrhunderten haben sich die Menschen dieses zunutze gemacht und es ist seit alters her ein wichtiger Teil japanischer Kultur. Oft hatten mir schon Freunde davon vorgeschwärmt, doch Gelegenheit, selbst in eines jener Onsen zu gehen, hatte ich noch nicht gehabt. Gilles hatte schon einmal im südlichen Shikoku ein Onsen besucht und ich war froh darüber, denn somit nahm ich an, dass er wusste, wie man sich dort benehmen sollte, und auch, was man machen durfte und was nicht.

Ich hatte eigentlich ein altes, aus Holz gebautes Gebäude erwartet, doch im Gegenteil erstreckte sich nun vor uns ein ganzer Gebäudekomplex. Ich rätselte, wo das Onsen nun wäre. Das Ganze war das Onsen. Die hölzerne Schiebetür mit ihren weißen Milchglasscheiben war das einzige Element traditionellen Stils. Drinnen war es angenehm kühl. Auf dem Steinplattenboden vor uns in einem Korb lagen Gummisandalen, und da es wie in fast jedem Haus in Japan Tradition war, seine Schuhe vor dem Betreten auszuziehen, taten auch wir dies und schlüpften in die bereitstehenden Hausschuhe. Total verschwitzt, schmutzig und mit unseren schweren Rucksäcken über einer Schulter hängend, schlurften wir auf den Tatamimatten entlang zur Kassa. Die in einen rosa-weißen Sommerkimono gekleidete Dame dahinter lächelte uns an, und ich war mir nicht sicher, ob dieses Lächeln nicht ein unterdrücktes Lachen war. Unrasiert, mit unseren verwirrten Haaren und dem vom Staub grauen Überzug mussten wir wirklich einen ungewohnten Anblick geboten haben. Noch dazu zwei Gaijins. Ich war sicher, dass sich in einem so abgelegenen Ort wie Gotenba und einem noch abgelegeneren Onsen wie diesem nur selten Ausländer sehen ließen.

Wir zahlten und gingen durch einen blauen Stoffverhang mit einem darauf gemalten Kanji für "Männer" in die dahinterliegenden Umkleideräume und begannen uns zu entkleiden. Unsere Stimmung war gut. Als wir zu unseren Socken kamen, wurde sie noch besser. Unsere Füße waren nämlich kohlrabenschwarz vom dunkelgrauen Lavastaub, durch den wir stundenlang hatten laufen müssen. Was nun? So konnten wir unmöglich in die blitzblanken und nach Sauberkeit riechenden Baderäume steigen. Zu viele Leute würden uns eh schon unserer Rasse wegen genau mustern, und unsere schmutzigen Füße würden niemandem entgehen. Wir überlegten hin und her, wie wir sie wohl sauber bekommen könnten, als Gilles schließlich die Idee hatte, sie doch auf der Toilette ein wenig sauber zu machen, und so schlichen wir immer noch mit Socken bekleidet dort hin, hingen unsere Füße in die etwas hoch liegenden Auffangbecken für das Toilettenwasser, deren Deckel wir abmontiert hatten, und kamen endlich etwas sauberer zurück.

Heißfeuchte Luft schlug uns entgegen, als wir die Schiebetür zu den Baderäumen aufzogen. Es gab kaum Leute in den von hellblauen Fliesen und dem überall hereinscheinenden Tageslicht bläulichen Räumen. An einer Wand entlang gab es, vom Boden in etwa dreißig Zentimetern Höhe, Wasserhähne und davor stehende kleine Hocker. Plastikschüsseln luden zum Waschen ein, bevor man sich, um sich zu entspannen, in das heiße Wasser der Becken legte.

Endlich rasiert, den Staub und Schweiß und einen großen Teil der Müdigkeit abgewaschen, begaben wir uns beide in das anfangs sogar etwas zu heiß erscheinende Nass. Die entspannende Atmosphäre und ganz besonders der Ausblick auf einen hinter einer Glaswand im Freien liegenden Garten und den im Hintergrund aufragenden Mt. Fuji waren faszinierend. Inzwischen hatte sich um den Gipfel ein Kranz weißer Wolken gebildet. Wir waren froh, nicht mehr dort oben zu sein, so schön es auch gewesen war. Unser in den letzten zwei Tagen Erlebtes verdauend, lagen wir reglos in den nur wenig tiefen Becken. Jetzt konnte ich meine Freunde verstehen, die mir immer von jenen Onsen vorgeschwärmt hatten. Nie mehr würde ich jene Erfahrung missen wollen.

Angenehm ausgeruht, warm und trocken ging's weiter in einem Jeep bis Numazu, einer kleinen Stadt an der Küste des Pazifiks. Dort hatten wir vor, am Strand zu campieren und am nächsten Tag unseren Weg zurück nach Osaka fortzusetzen. Die Enttäuschung war groß, als wir feststellen mussten, dass statt des Sandstrandes, den wir erwartet hatten, nur ei- bis kopfgroße Bachsteine am ganzen Strand zu finden waren. Kaum ein Platz, um ein Zelt aufzuschlagen.

Nach langem Hin und Her entschieden wir uns schließlich, noch am selben Tag so weit es ginge Richtung Westen zu fahren. Schlussendlich standen wir wieder an einer Autobahnauffahrt mit unserem Pappkarton in der Hand und streckten unseren Daumen vor, wann immer ein Auto an uns vorbeifuhr. Keines wollte stehen bleiben. Unsere Stimmung sank. Bis jetzt hatten wir Glück gehabt. Oder vielleicht war es gar nicht Glück sondern einfach die Freundlichkeit der Japaner? Als zehn Minuten später ein dunkelblauer Toyota-Kombi zuerst an uns vorbeifuhr, dann aber plötzlich die Geschwindigkeit verminderte und hundert Meter hinter uns am Pannenstreifen stehen blieb, waren wir sicher: Es war die Freundlichkeit der Japaner.

Im Auto saß Familie Fujiwara. Welch ein Zufall es doch war, dass gerade zu der Zeit, als wir den Mt. Fuji bestiegen, wir auch jene Familie mit demselben Wort im Namen kennen lernten. Vorn im Auto saßen Kikuo und Motoko und hinten ihre drei süßen Kinder, zwei Buben namens Hajime (12), Mitsuru (10) und die kleine Marimo-chan (3). Gilles und ich zwängten uns zu ihnen auf den Rücksitz und los ging's nach Hamamatsu, einer Stadt vielleicht 150 Kilometer vor Nagoya. Während sich Gilles mit den Eltern unterhielt, spielte ich mit den drei Kindern und hatte es sehr lustig. Besonders die kleine Marimo-chan mit ihren dunkelbraunen Kulleraugen und ihren schwarzen, glatten, schulterlangen Haaren war einfach bezaubernd. Oft hatte ich schon bemerkt, dass sich Kinder mir gegenüber im Vergleich zu Erwachsenen viel normaler und ohne jegliche Vorurteile benahmen. Sie stellten mir auch gleich Fragen, die sich ein Erwachsener sicher nicht so schnell zu fragen getraut hätte, zum Beispiel, ob ich eine Freundin hätte und wann ich denn heiraten möchte und noch vieles mehr.

Gilles und ich hatten geplant, in Hamamatsu, was so viel wie Kiefernstrand bedeutet, unser Zelt aufzuschlagen und dort bis zum Morgen zu übernachten, doch daraus wurde nichts. Es wurde darauf bestanden, die Nacht im Haus der Familie zu verbringen. Es blieb uns gar nicht viel anderes übrig als einzuwilligen, da uns erst gestattet wurde auszusteigen, als wir deren Haus erreicht hatten, und da es inzwischen auch schon dunkel geworden war, konnten wir kaum noch etwas auf eigene Faust unternehmen.

Nach einem leichten Abendessen mit Misosuppe und Reis hatte auch ich mich ausgiebig mit Kikuo und Motoko unterhalten. Ich stellte fest, dass sie Ausländern gegenüber recht aufgeschlossen waren.

Zum Umfallen müde, wurde uns bald unser Schlaflager zugewiesen. Im Kinderzimmer auf einem Futon am Boden zwischen dem der drei Kinder schliefen wir schwer und reglos bis zum späten nächsten Morgen.

Marimo-chan kam uns wecken. Nach etwas starkem Kaffee und Toast, den wir am Tisch mit den Kindern aßen, mussten wir uns leider von dieser freundlichen Familie verabschieden, und wenn es auch nur eine kurze Bekanntschaft war, so fiel es mir doch recht schwer, mich von ihnen zu trennen. Wir versprachen, ganz sicher wieder etwas von uns hören zu lassen und die vielen am Abend zuvor geschossenen Fotos zu schicken. Motoko-san brachte uns noch mit dem Auto vom Wohngebiet zu einer etwas stärker befahrenen Landstraße und schließlich waren wir wieder allein.

Inzwischen waren die Obon-Feiertage vorbei und ein neuer Arbeitstag hatte für ganz Japan begonnen. Ein riesiger LKW nahm uns mit nach Pentento-Beach, einem weißen Sandstrand mit Palmen, welcher an einem recht großen Binnensee mit Zugang zum Meer gelegen war. Ein Tag der Entspannung war angesagt. Nach den Erlebnissen der letzten zwei Tage hatten wir das auch nötig. Dennoch, am frühen Nachmittag änderte sich plötzlich das Wetter. Dunkle Wolken zogen auf und der erwartete Taifun zeigte seine ersten windigen Zähne. Kurz entschlossen packten wir unser schon aufgebautes Zelt zusammen, stoppten zurück zur Autobahn und schon am frühen Abend, so gegen Sieben, sprangen wir im Norden Osakas aus dem letzten Minibus, der uns mitgenommen hatte. Nach einer kurzen Bahnfahrt waren wir wieder zurück im bereits vertrauten Osaka.

21. August – Nara: Oft als die Wiege der japanischen Kultur bezeichnet, wurde diese Stadt um 710 n. Chr. als Regierungssitz auserwählt und somit zugleich auch erste Hauptstadt Japans. Stark dem damaligen großen Einfluss Chinas nachempfunden, wurde die Stadt mit schachbrettartigem Grundriss angelegt. Aber nicht nur die Architektur, sondern schon ein Jhd. früher wurde ebenfalls aus China von Prinz Shotoku der Buddhismus eingeführt. Immer mehr angelehnt an die damalige Hochkultur in China, kamen nach und nach Techniken der Töpferei, Schriftzeichen und auch das gesellschaftliche Hierarchiesystem der Aristokratie und das Verwaltungssystem des Landes von dort nach Japan. Erstes Zentrum der Macht. Aber nur kurz. Schon Ende des 8. Jhd. wurde der Regierungssitz nach Heian, dem heutigen Kyoto, verlegt und somit der Stadt die nur kurz genossene Macht wieder entzogen. Dennoch, die damals in Nara entstandenen hölzernen Tempel und Pagoden zeugen heute noch vom einstigen Glanz. Eines der großen Zentren des Buddhismus ist es geblieben.

Die wenigen Leute auf den Straßen und vor dem Bahnhof überraschten mich. Noch im Zentrum der relativ kleinen Stadt fiel mir sofort die angenehme Ruhe, die jene Stadt ausstrahlt, auf. Über einen sanften Hügel nach oben erreichten wir einen ersten großen Tempelkomplex. Das von der Sonne gegerbte und fast schon schwarz gewordene Holz ließ sein Alter er-

84

ahnen. Mächtig erhob sich mit geschwungenen Dächern eine fünfstöckige Pagode in den grauen Himmel. Die Ausgeglichenheit der Formen des Gebäudes erinnerte mich daran, wie rückschrittlich wir in Europa zu jener Zeit, als dies hier alles geschaffen wurde, noch waren.

Unter Rotkiefern hindurch wanderten wir weiter. Immer wieder tauchten diese schwarzen hölzernen Zeugen der belebten japanischen Vergangenheit auf. Die Weite des Parks war erstaunlich. Rotwild graste unweit von uns auf einer Wiese. Kaum gestört war es, als wir näher traten. Jetzt erst merkte ich, dass es nur so von Rehen wimmelte. Überall lagen sie unter Bäumen oder standen, uns mit erhobenem Kopf beobachtend, ruhig zwischen dem hellen Orange-Braun der Kiefern. Einige flüchteten nicht einmal, als wir sie zu streicheln versuchten.

Auf einer von Souvenirständen gesäumten Straße entlang spazierten wir auf unser eigentliches heutiges Ziel zu, den Todaiji-Tempel. Schon von weitem fiel uns das riesige Gebäude auf. "Das größte hölzerne Gebäude der Welt" stand auf der Rückseite meiner teuer erstandenen Eintrittskarte. Drinnen – eine mächtige bronzene Statue eines Daibutsus, eines Buddhas. Dennoch, langsam begannen die Begeisterung und das Interesse an den immer gleichen Tempeln bei mir abzuflauen. Ich hatte genug gesehen und wollte nur noch im Gras liegend die Natur genießen. Auch Hunger hatte sich eingestellt. Zurück in die Stadt. Mc. Donalds heißen die Tempel des 20. Jhds. Dort wollte ich hin.

7. KAPITEL

Schon fast zwei Wochen waren vergangen, seit meine Sommerferien geendet hatten. Es war Anfang September. Der Alltag hielt mich wieder gefangen. Nur die kurzen Wochenenden waren ein Lichtblick, doch für ein oder zwei Tage aus der Stadt zu flüchten war fast unmöglich. Zu teuer war es für mich oft sogar, eine Zugfahrkarte nach Wakayama zu kaufen. Die jetzt immer öfter aus dem Süden herannahenden Taifune ließen ohnedies oft genug das Wochenende wörtlich genommen ins Wasser fallen. Meistens lagen wir dann an den Abenden oder auch an den Wochenenden auf den angenehm kühlen Tatamimatten in Satokos Zimmer und schauten manchmal bis zu drei Videofilme hintereinander an. Satokos einziges Interesse schien, Fußball oder fernzusehen oder in Umeda, mich an der Hand hinter sich herziehend, durch ewig gleiche Geschäfte zu laufen, alles anzuschauen und nur selten etwas zu kaufen. Sie war ganz einfach in einer ganz anderen Welt aufgewachsen. Ich konnte mir jedoch auch vorstellen, dass dies meiner Mutter oder Nina ebenfalls gefallen hätte. Für mich war das jedenfalls keine große Freude.

Satoko hatte sich inzwischen ganz gut an ihrem neuen Arbeitsplatz, jener Englischschule gegenüber dem Toyonaka-Bahnhof, eingewöhnt und schien glücklich zu sein. Auch ich war zufrieden mit meinem Leben, jedoch bedrückten mich meine inzwischen schon schwach gewordenen Finanzen ein wenig. Meine Japanischkurse fraßen geradezu mein noch zu Hause hart erspartes Geld und es war an der Zeit, etwas zu unternehmen, um dem Geldschwund Einhalt zu gebieten.

Meine Japanischschule wollte ich auf keinen Fall aufgeben, denn das war ja schließlich einer der weiteren Gründe meines Aufenthaltes hier. Des Öfteren hatte ich schon daran gedacht, mir einen Teilzeitjob zu suchen, doch nie hatte ich mich dazu aufraffen können auch wirklich etwas zu unternehmen. Nun hatte ich bald nur noch die Wahl zwischen Arbeiten oder zurück nach Österreich zu fahren. Letzteres kam auf keinen Fall in Frage. Da schon eher arbeiten. Aber was? Toni und Pete, meine beiden Klassenkollegen, hatten schon vor Monaten einen Job als Englischlehrer gefunden und mir bereits des Öfteren vorgeschwärmt, wie leicht man damit Geld verdienen könne. Ich wusste, dass auch Gilles ein paar Französischstudentinnen hatte und damit leicht seinen Lebensunterhalt verdienen konnte. Dennoch, Deutsch zu unterrichten war mir ein Schreck, hatte ich doch keine entsprechende Ausbildung dafür und noch dazu nicht einmal Erfahrung mit Privatstudenten.

Die an jenem Sonntagnachmittag mit Satoko durchgeblätterten Zeitschriften enthielten nur Anzeigen für sehr schlecht bezahlte Bar-Jobs, welche oft bis Mitternacht und später dauerten, und eben Annoncen für Sprachlehrer, die auch bedeutend besser bezahlt waren. Bis zum Abend hatten wir vier Adressen von Deutschschulen und einige von annehmbaren Bar-Jobs herausgeschrieben.

Am nächsten Nachmittag raffte ich mich dazu auf anzurufen. Und ich hatte Glück. Drei der vier Schulen luden mich sofort zu einem Vorstellungsgespräch ein. Die vierte wies mich ab mit der Begründung, dass sie schon jemanden gefunden hätten. Eigentlich war es gar nicht so schwierig gewesen und ganz im Tiefsten musste ich zugeben, dass mich nur wieder einmal meine bereits eingestandene Abneigung zu arbeiten von einer früheren Arbeitssuche abgehalten hatte. Jetzt war ich froh, diesen ersten Schritt unternommen zu haben.

Der Tag meines ersten Interviews kam. Schon am Abend zuvor hatte ich den mir von meiner Mutter noch fürsorglich eingepackten Anzug aus dem bereits verstaubten Koffer geholt und enttäuscht festgestellt, dass er immer noch passte. Wie sehr hasste ich doch jegliche andere Bekleidung als Jeans oder Shorts. Ausweglos. Satoko und sogar ihre Mutter Mieko bestanden darauf und lachten über mich, als ich verdrießlich mit meinem Anzug vor dem Spiegel stand. Dennoch, andere Kleidung hatte ich nicht, und so blieb mir keine andere Wahl. Mein erstes Gespräch fand in Namba, einem südlich von Shinsaibashi und Todonbori liegenden Stadtteil Osakas, statt. "NOVA" war eine der bekanntesten Englisch- und Deutsch- schulen in Japan. Im gesamten Kansai-Gebiet gab es mehr als fünfzig davon, so hatte ich gehört. Ganz und gar nicht wohl war mir, als ich in die Büroräume eben einer jener Schulen eintrat. Der anfangs so verhasste Anzug war schon nach kurzer Zeit vergessen, denn das Interview verlief hervorra- gend, so war wenigstens mein Gefühl. Das Einschulungs- und Unterrichtsprogramm klang gut, und das unerwartet hohe Gehalt pro Stunde ließ mein Herz schneller schlagen. Der einzige große Nachteil bestand darin, dass ich als Springer eingesetzt worden wäre. Deutsch ist nicht gerade eine popu- läre und mit Englisch vergleichbare, sondern eine kaum Interesse findende Sprache bei Japanern, und so hätte ich jeden Tag von Schule zu Schule, ganz gleich, ob in Kobe, Kyoto oder Osaka, für nur wenige Unterrichtsstunden fahren müssen. Mit den Worten, dass ich mir das Ganze noch einmal überlegen müsse und in ein bis zwei Wochen Bescheid geben würde, verabschiedete ich mich. Noch hatte ich zwei Termine bei anderen Schulen, und die wollte ich erst abwarten, bis ich definitiv zusagen würde.

Drei Tage später. Umeda. Das Gespräch bei YMCA verlief ähnlich. Auch hier wurde jemand für die Außenstelle in Kyoto gesucht. Von Umeda aus hin und retour über zwei Stunden unbezahlte Fahrt mit dem Zug ließen das angebotene hohe Stundengehalt jedoch beträchtlich schrumpfen. Auch diesmal sagte ich noch nicht zu. Bis zum dritten Vorstellungsgespräch war es nur knapp eine Woche und dann würde ich mich entscheiden müssen.

Mittwoch, fünf Tage später. Ich hatte herausgefunden, dass es in Umeda eine Unzahl von Englischschulen gab, eine davon war der "Outdoor English Club", kurz OEC genannt. Diese hatte auch Deutschkurse im Programm, lag ganz in der Nähe des Bahnhofs und schien eine kleine, gutbesuchte Sprachschule zu sein.

Wie immer war ich ein bisschen aufgeregt, als ich in den gläsernen, sich an der Außenseite des weißen Eckgebäudes befindenden Lift stieg und er sich mit leisem Zischen nach oben in Bewegung setzte. Mit einem leichten Ruck blieb er im sechsten Stock unsanft stehen, und durch die silbrigen, auf beide Seiten aufgehenden Flügeltüren des Liftes getreten, stand ich auch schon mitten in den hellen Büroräumen und somit vor dem Anmeldungsdesk. Dahinter saß eine überaus gutaussehende Sekretärin.

Ich ließ meine Blicke durch den kleinen, jedoch sehr ausgenutzten Raum schweifen und erblickte gleich drei, rauchende, in schmutziggrauen Sofasesseln sitzende Gaijins. Sie nickten mir zu und ich konnte hören, wie sie über meinen Anzug herzogen. Sie selbst waren nur in Jeans und T-Shirts gekleidet und einer von ihnen hatte sogar sonnengebleichte blonde, am Hinterkopf zusammengebundene lange Haare. War ich hier richtig? Es schien so. Von der nun aufgestandenen und noch mehr ihre Reize zeigenden Sekretärin wurde ich endlich aus dieser etwas durch meinen Anzug unangenehmen Situation befreit und in ein kleines Kämmerchen geführt, wo ich, die üblichen Formulare ausfüllend, sitzen gelassen wurde. Ganz und gar nicht steif, im Gegenteil, recht angenehm leger kam mir diese Schule vor. Das Gespräch mit Nagai-san, dem Manager dieser Schule, verlief ebenfalls ganz angenehm und der für mich wichtigste Punkt, nämlich dass ich jeden Tag in derselben Schule am Nachmittag oder Abend arbeiten und so am Morgen meine Japanischkurse besuchen konnte, wurde hier erfüllt. Nur das angebotene Gehalt war nicht so erfreulich wie bei den anderen Schulen. Und es gab noch etwas, das ich mir zu überlegen hatte. Da auch an dieser Schule die Nachfrage nach Deutschunterricht verhältnismäßig gering war, wurde mir angeboten, pro Woche zehn Stunden Deutsch und zehn Stunden Englisch zu unterrichten, was mir beides nach zweiwöchiger Einschulung sicherlich nicht schwerfallen würde, so wurde mir gesagt.

Wie betäubt verließ ich jenen angenehm fremden Platz und irrte in den unterirdischen Einkaufsstraßen von Umeda herum, bis ich mir bei einem wässrigen Kaffee alles noch einmal durch den Kopf gehen ließ. Es klang recht interessant und diese angenehm westliche Atmosphäre in jener Schule hatte es mir angetan. Eine Stunde später rief ich an und sagte zu.

Am selben Abend wurde auch bei mir zu Hause angerufen. Eigentlich wurde Satoko verlangt, da sie jedoch von ihrer Arbeit noch nicht nach Hause gekehrt war, übernahm ich das

Gespräch. Wie sich herausstellte, war es von einer alten Bekannten, nämlich Mami-san. Satoko und sie hatten früher zusammen in London in derselben Wohngemeinschaft gelebt. Beide waren eines Tages im Sommer zu mir nach Tirol gekommen und mein Freund Armin und ich mussten damals ganz schön Touristenführer spielen. Es war eine lustige Zeit. Gleich danach war Mami nach Japan zurückgekehrt und seit damals hatten wir sie nicht mehr gesehen. Wie sie mir am Telefon erzählte, ginge es ihr gut, und da sie ein paar freie Tage hätte, würde sie gerne für ein Wochenende nach Osaka kommen, um uns zu besuchen. Mami und ich hatten uns schon bei unserer ersten Begegnung gut verstanden, hatten wir doch etwas gemeinsam. Wir liebten das Essen und wir liebten es auch, davon zu träumen. Die Attraktionen Osakas liegen nicht in den wenigen unbedeutenden Sehenswürdigkeiten, sondern vielmehr in den kulinarischen Genüssen, die es zu bieten hat. Ich musste hellauf loslachen, als sie mich schon am Telefon fragte, ob ich nicht einige gute Restaurants für *Okonomiyaki* und *Takoyaki* wüsste. Außerdem würde sie gern *Ramen* und noch verschiedenerlei andere kleinere Snacks probieren und am Abend in Kobes Chinatown spazieren gehen. Dort könnten wir noch richtige *Buta-man* und *Goma-dango* essen. Endlich kam Satoko zur Tür herein. Ich übergab den Hörer und ließ sie alles Weitere besprechen.

Samstagvormittag – 11:00 Uhr. Wie immer gab es hunderte Leute vor dem "Big Man", dem allgemeinen Treffpunkt für jedermann in Umeda. Auch wir einfallslosen Zwei waren dort und suchten im Gewühle der Menschen nach Mami-chan. Ich ärgerte mich. Wie immer wurden wir wegen meiner Haarfarbe und Größe gefunden. Mit einem fragenden Ausdruck im Gesicht kam Mami auf uns zu. Bei unserem letzten Zusammentreffen hatte ich ganz kurze Haare, fast einem buddhistischen Mönch gleichend, jetzt jedoch waren sie gewachsen und ich sah sicherlich ganz anders aus. Satoko hatte sich etwas zur Seite gedreht und wir taten beide zum Spaß so, als ob wir sie nicht kennen würden. Mit ihrer etwas krächzenden Stimme fragte sie zaghaft, da sie Satoko von schräg hinten immer noch nicht erkannt hatte: „Geraldo"? Mit ernster Miene drehte ich mich um, konnte jedoch schon in den nächsten Sekunden mein Lachen nicht mehr zurückhalten.

Auch Mami hatte sich ziemlich verändert. Sie war schlanker geworden. Ganz und gar nicht mehr war sie das kleine Bummerl, das ich von zu Hause her kannte. Gewachsen war sie natürlich nicht, doch ihre Stiefeletten gaben ihr eine scheinbare Größe. Noch dazu hingen ihre Jeans über die Absätze ihrer Schuhe fast bis zum Boden und ließen so ihre Beine etwas länger aussehen. Auch ihr Gesicht war etwas eingefallen. Vermutlich war es ihr Make-up, was bei dem etwas fahlen Licht in der Bahnhofshalle aber nicht recht erkennbar war. Auf die Frage, was sie denn alles sehen wolle, antwortete sie wie zum Scherz: „Zuerst zur Burg von Osaka und dann nach Todonbori ins Kuidaore", was so viel wie „Essen bis man umfällt" bedeutet. Ich war mir gar nicht sicher, ob es ein Scherz war.

Es war keiner. Nachdem wir die Burg wie im Flug besichtigt hatten, ging es im Gebiet zwischen dem südlichen Namba und Shinsaibashi ans Schlemmen. Mit einem leuchtenden Gelb hatte sie in ihrem Städteführer über Osaka alle Ständchen und Restaurants, die sie zu besuchen vorhatte, angekreuzt. Natürlich waren es viel zu viele, wir kamen aber dennoch im Laufe des Nachmittags auf eine ganz schöne Anzahl von Gerichten, die von *Ramen* und *Yakisoba* über *Takoyaki,*

Doughnuts und *Osenbei* bis zum späten Abendessen in einem von uns vorgeschlagenen *Okonomiyaki*-Restaurant reichten. Nicht so sehr das ständige Herumlaufen, sondern vielmehr das ständige Lachen und Essen hatten uns müde gemacht, und ich muss ehrlich gestehen, dass ich froh war, als wir am späten Abend endlich nach Hause kamen und ich mich vollgefressen wie ich war auf dem harten Tatamiboden ausstrecken konnte. Für den nächsten Tag hatten wir geplant, die Stadt Kobe zu besuchen. Da Mami schon am Abend wieder mit dem Shinkansen zurück nach Tokyo fahren wollte, schien es uns besser, früh aufzustehen. Daraus wurde natürlich nichts. Erst nach einem ausgiebigen Frühstück, ich hatte nur zwei Tassen grünen Tee und Toast, kamen wir so gegen 11:00 Uhr aus dem Haus. Schon als ich wach im Bett lag, malte ich mir aus, welche Verbrechen an ihrer Figur Mami heute in Chinatown bereit sein würde zu begehen. Auch Gilles, der wie immer auf dem Weg nach Kobe in den Zug zusteigen wollte, hatte an jenem strahlenden Sonntag zugesagt mitzukommen.

Kobe ist eine überaus angenehme und schon seit Jahrhunderten von ausländischen Handelsfirmen als Sitz auserwählte Hafenstadt und kann unweigerlich den ständigen Einfluss des Westens auf die Architektur der Gebäude nicht leugnen. Die im Norden drohend durch den Rokko-san, ein fast eintausend Meter hohes, steil aufragendes Bergmassiv begrenzte und an dessen Berghänge gebaute Stadt wird nur wenige Kilometer südlich davon vom Meer gehindert, sich auszubreiten. Früher ein bedeutender Hafen, herrscht auch heute noch ein reger Betrieb auf den Docks, die auf künstlichen Inseln aus Müll und Gestein der Stadt vorgelagert sind. Riesige Frachtschiffe werden dort gebaut oder gewartet und hohe Kräne an den

Anlegepiers der Frachter prägen den Blick aufs Meer. Aber nicht nur Arbeitsfläche bieten diese riesigen Inseln, sondern auch überaus große Wohnflächen für Tausende von Arbeitern und deren Familien sind dort gelegen.

Die Stadt selbst war durch den geographischen Platzmangel gezwungen, sich in die Höhe auszubreiten, und schlängelt sich so zwischen Meer und den Bergen für viele Kilometer wie die Zweige kriechender Weinreben auf dem schmalen Streifen Land fast bis zu dem im Westen gelegenen Himeiji. Die im Durchschnitt relativ hohen Gebäude und die dazu schmalen, fast nur wenige Meter breiten Gassen lassen den Eindruck von Schluchten aufkommen, manchmal wie Zähne eines riesigen Ungeheuers, das einen verschlingt, sobald man den schützenden Bahnhofsbereich verlässt und sich in das Labyrinth wagt, in welchem die in überwiegend rot und gelb leuchtenden und blinkenden Neonschilder dem Karies des Monstergebisses gleichen.

Holländische und englische Handelsgesandte haben an den Hängen und den etwas höher gelegenen Stellen ihre im heimischen Stil erbauten Bürgerhäuser errichtet und thronen wie einst in den Kolonien in Indien und Indonesien scheinbar über der Stadt. Heute, wenn auch immer noch sehr wohlhabend, hat der Einfluss jener Leute weitgehend abgenommen, und nur noch ihre zierlichen Backsteinhäuser und weitläufigen Villen mit ihren weißen Marmorsäulen vor den Portalen stehen, wie Abdrücke der Vergangenheit, weiterhin bewohnt, jedoch jetzt als Touristenattraktion, an den Hängen des Rokko-san.

Natürlich musste auch Mami dorthin. Gilles und ich voran, die Mädchen heftig plaudernd hinterdrein, schlenderten wir leicht bergauf Richtung Ijinkan, jenem vorhin erwähnten

Ausländerviertel, zu. Je näher wir kamen, desto mehr Wochenendausflügler, händchenhaltende Pärchen, ganze Familien und Trauben von älteren Tanten kamen uns entgegen. Alle schienen Spaß zu haben diese für Japan so unwirkliche Gegend zu besichtigen. Alles war so sauber, übermäßig gepflegt. Holländische Fachwerkbauten wechselten sich mit englischen Kolonialstilhäusern und roten Ziegelsteingebäuden ab und vor einem Gebäude sah ich sogar ein Schild mit dem Namen Österreich darauf. Auch Gilles musste lachen, im Häuserzoo der Japaner.

Erleichterung kam auf, als Mami vorschlug, wieder zurück ins Zentrum zu wandern. Lange genug hatten wir uns an jenem architektonischen Fleckerlteppich aufgehalten. Anfangs folgten uns noch die Touristengruppen, langsam konnten wir aber im Gewirr der Straßen Distanz gewinnen und verloren sie schließlich aus den Augen. Der auf hohen Viaduktbögen die Stadt in zwei teilenden Zuglinie entlang marschierten wir gegen Westen. Erst, als wir schon fast wieder den Bahnhof erreicht hatten, wechselten wir auf die Südseite des Viaduktes und setzten unseren Weg fort. Eine Weile war vergangen, als wir, von Gilles geführt, den Meriken-Park erreichten. Im Hafen von Kobe gelegen sieht er ganz und gar nicht wie ein Park aus, sondern vielmehr, von Beton und Kopfsteinpflaster geprägt, wie eine vom Winde glattgefegte Eisscholle. Abstrakte Steinskulpturen waren dort und da aufgestellt. Sonst nichts. Meriken-Park.

Die Hauptattraktion dort ist natürlich der unübersehbare, rot-weiß gestreifte Meriken-Tower. Eine Stahlkonstruktion, in deren Mitte ein Lift nach oben in ein sich drehendes Restaurant und eine Aussichtsplattform führt. Die Aussicht auf die Stadt und über den Hafen war an sich ganz beeindruckend, genauso wie der Preis der Eintrittskarten.

Es war kaum zu glauben. Wir waren schon stundenlang unterwegs und Mami hatte immer noch nicht vorgeschlagen, irgendwo einzukehren. Als ob sie meine Gedanken erahnt hätte, begann sie plötzlich zu klagen, wie hungrig sie doch sei.

Motomachi und Nankinmachi – Chinatown. Die Hipp-Hopp-Musik der plötzlich auf ohrenbetäubende Lautstärke aufgedrehten Musikanlage der kleinen Modeboutique, an der wir vorbeigingen, riss mich aus meinen Gedanken und brachte mich zurück in die glitzernde Welt der Einkaufsarkade, durch die wir spazierten. Das durch die schmutzig-graue Milchglaskuppel der überdachten Straße nur spärlich einfallende Licht der späten Nachmittagssonne erhellte die sich wie ein langer hohler Wurm leicht krümmende Straße nur schwach und brachte die blitzend grellen Lichter der sich unablässig aneinanderreihenden Geschäfte zur Geltung. Am Eingang hatte ein junger Israeli auf einem kleinen Stand und am Boden kitschige Landschaftsbilder und Poster zum Verkauf aufgelegt. Er erinnerte mich an Avi, den ich in Korea getroffen hatte und der derselben Arbeit nachging. Er war es, der mir das erste Mal etwas Konkretes über die Yakuza, die japanische Mafia, erzählt hatte.

Schon des Öfteren hatte ich mit Bekannten versucht darüber ins Gespräch zu kommen, leider war jedoch immer nur recht wenig zu erfahren. Niemand wollte so offen darüber sprechen. Aber es gab sie. Was ich von Avi erfahren hatte, war, dass verschiedene Straßen, ja ganze Viertel, der etwas größeren Städte von eben jenen rivalisierenden Banden als Eigentum betrachtet werden, und jeder, der dort auf den Straßen musizieren oder etwas verkaufen wollte, musste Schutzgeld zahlen.

So auch Avi. Täglich, abends um dieselbe Zeit, kam ihn ein Kontrolleur besuchen und stolzierte, sich seiner geheimen Macht bewusst, die Straße kontrollierend umher. Offiziell ist Straßenverkauf in Japan verboten. Jeder auch noch so freundliche Mawari-san, wie die Hüter des Gesetzes von der Allgemeinheit oft gerufen werden, hätte ihn vertreiben müssen. Doch selbst von denen wurde er nie belästigt. Ich fragte mich, ob auch eben jener vor mir auf dem gelben Fliesenboden kauernde schwarzlockige Israeli Schutzgeld zahlen musste. Vermutlich. Ich hatte gehört, dass eben hier in Kobe eine der größten japanischen Mafia-Familien ihren Sitz hat. Der Anführer der Yamaguchi-gumi war auch ab und zu im Fernsehen zu erblicken und es hatte mich schon oft gewundert, dass die Bevölkerung und ganz besonders die Regierung mit ihren sonst so überaus strengen und geradlinigen Gesetzen dies zuließ. Der ganze Polizeiapparat war wohl, ebenso wie die von diversen Bestechungsskandalen schon jahrelang zerrüttete Regierung Japans, von der finanziellen Kraft und auch den sonstigen Tricks des organisierten Verbrechens durchlöchert und porös. Ja, ich war sicher. Auch der Junge vor mir musste zahlen.

Eine gläserne Schiebetür neben mir ging auf. Schmerzend drang das Rasseln der vielen tausenden Stahlkugeln der Spielapparate einer Pachinkohalle in meine Ohren. Stinkende Rauchschwaden begleiteten das Getöse. Welt des Vergessens, Welt der Entspannung – Gambling. Auch hier Mafia?

Wie von weit her zurückgekommen erinnerte ich mich plötzlich wieder meiner Begleiter und stürmte mit Mami voran zu einem Eisgeschäft etwas weiter vorne. Mami schien für die nächsten Minuten zufrieden zu sein. Ich konnte ein leichtes Lachen nicht recht unterdrücken, als ich ihr zuschaute, wie sie an ihrem rasch schmelzenden Eis herumlutschte. Einige hundert Meter zog sich dieser lange Schlauch einer Fußgängerstraße, bis er, wie von einer Axt abgehackt, in einer belebten Gasse endete. Ungefähr fünfzig Meter nach Süden versetzt, verlief er in dieselbe Richtung weiter. Im Gehen erzählte mir Gilles, dass wir jetzt parallel der Chinatown wären und von der Rückseite her uns langsam dem eigentlichen Eingang näherten. Den ganzen Tag waren wir unterwegs gewesen und auch ich hatte langsam Hunger bekommen. Satoko und Gilles waren schon weit voraus, Mami und ich schlenderten, uns über chinesisches Essen unterhaltend, hinterher.

Als ich das nächste Mal aufschaute, waren wir schon mitten im bunten Treiben einer breiten, von China-Restaurants und Ständchen gesäumten Straße. Rechts von uns an einem Stand dampfte es aus einem Blechkessel. Es roch nach Soja-Sauce und heißem Öl, süßlich, ganz und gar nicht wie die Gerüche, die ich von der japanischen Küche gewohnt war. Nach langem Hin und Her konnten wir uns endlich auf eines der Restaurants einigen. Es war jenes, vor dem die auf Einlass wartende Reihe von Japanern am kürzesten war. Das bestellte Essen war miserabel. Unzufrieden verließen wir das Lokal, doch zwei Stück Buta-man und ein paar der knusprigen, noch heißen Gomadango trösteten uns über das schlechte Abendessen ein wenig hinweg.

Abends um 19 Uhr 40 begleiteten wir Mami-san zum Shinkansen-Bahnhof in Shin-Kobe und kehrten nach einer herzlichen Verabschiedung von ihr mit Gilles noch einmal ins Zentrum der Stadt zurück, wo wir in einer kleinen Bar ein paar Keramikflaschen voll heißen Reiswein genossen.

Satoko brachte uns beide nach Hause.

8. KAPITEL

Die abgetretenen Gummisohlen alter Sportschuhe verdeckten halb sein Gesicht, nur seine Augen waren hinter der runden, silbernen, dünnrahmigen Stahlfassung seiner Brillen zu sehen, die, feindselig zusammengekniffen, auf mich gerichtet, fast starr erschienen. Er schien nachzudenken. Oder hatte er gar etwas gegen mich? Vielleicht sah er auch in den hinter mir laufenden Fernsehapparat, in dem zum ungezählten Mal dieselbe Version des Musicals „Hair" lief. Eine Dose Bier in der Hand, seine geliebten Marlboro in der anderen, lag Dave auf der niedrigen, aschgrauen Sitzgarnitur mir gegenüber und hatte seine Füße mitsamt den Schuhen auf den Tisch gelegt. Seine vorne schon etwas spärlichen Haare waren hinten zu einem kleinen Schwanz zusammengebunden. Er schien müde. Dave war am längsten von allen bei OEC, der erfahrenste und soweit es mich betraf auch der beste Lehrer. Dennoch, nach knapp drei Wochen der Zusammenarbeit war mir immer noch nicht klar, wie der zu mir immer so wortkarge Amerikaner über mich dachte. Irgendwie war's ja auch egal.

Unsere Pause war bald vorbei. Es war einer jener ersten, langen Samstage meiner noch jungen Tätigkeit bei OEC. Mit einem leisen Rollen öffneten sich die beiden Flügeltüren des Liftes und Susanna und Simon kamen herein. Susannas herzhaftes Lachen hatten wir schon gehört, als der Lift noch gar nicht hier war. Sie war schön. Ihre gleichmäßigen Gesichtszüge und ihr brünettes, naturgelocktes Haar, ihre Körpergröße und der Umfang ihrer Brüste, ganz und gar das Gegenteil der meisten Japanerinnen, aber besonders ihr heller, lockerer Charakter machten sie überall beliebt. Sie warf sich in einen der großen Sessel rechts von mir.

Wie immer wenn Simon hereinkam, zündete er sich eine seiner selbstgerollten Zigaretten an. Wie jeden Tag trug er auch seine schwarzen Röhrenjeans und zerschlissenen Leinen-Turnschuhe. Die aufs kürzeste geschorenen Haare und dazu ein abgebrochener Schneidezahn ließen den jungen Neuseeländer fast verwegen aussehen. In einer Ecke lehnend zog er kräftig an seiner Zigarette.

Mit dem nächsten Lift kamen die ersten Studenten. Bei OEC gab es nur Privatstunden oder Unterricht mit zwei Studenten. Die Klassenzimmer waren dementsprechend klein und befanden sich im Nebengebäude, was bedeutete, dass man jeweils immer mit dem Lift hinunterfahren und im anderen Gebäude wieder in den zweiten Stock hinauf musste. Das verkürzte die Arbeitszeit.

Ich hatte gerade eine Woche intensives Training über Unterrichtsmethoden der vorhin schon erwähnten Grammatik und sonstige Lehrziele hinter mir und war von einem Tag auf den anderen auf mich allein gestellt für den Unterricht freigegeben worden. Die ersten Stunden hatte ich noch unbeholfen strikt nach dem Buch absolviert, erst als ich an Sicherheit gewonnen hatte, begann ich langsam auch freie Gespräche mit etwas Fortgeschritteneren.

Es schien eine interessante Stunde zu werden mit Yumi, die eben hereingekommen war. Wir kannten uns schon. Ihr Deutsch war bereits recht gut und freie Gespräche und Diskussionen machten Spaß mit ihr. Simon blinzelte mir zu, als es an der Zeit war, in den Lift zu steigen und Yumi, ganz vorne weg, klein und dicklich wie sie war, wartete drinnen auf mich. Ihre langjährige Suche nach einem geeigneten Mann war allgemein unter meinen neuen Freunden bekannt. Anfangs hatte sie neben Deutschstunden auch Englischunterricht genommen und war wegen ihrer ständigen Versuche, einen Mann zu fangen, gefürchtet. Sie hatte schon fast mit jedem Gaijin an dieser Schule versucht anzubandeln, und ganz besonders hatte sie es auf Simon abgesehen. Wann immer er ihren Namen hörte, schien er auf der Flucht zu sein. Sein Zwinkern und das hämische Grinsen dazu bedeuteten ganz eindeutig: „Ha, Haaa! Jetzt bist du an der Reihe!" Was er aber nicht wusste, war, dass ich schon bei unserem ersten Zusammentreffen klargestellt hatte, nie und nimmer meine Freundin Satoko gegen so viele Kilo wie Yumi sie auf die Waage brachte, einzutauschen. Ich musste überzeugend gewesen sein, denn glücklicherweise wurde ich bis jetzt noch in keiner Weise von ihr bedrängt. Vielleicht war ich auch gar nicht ihr Typ. Gottlob!

Als sie mir so gegenüber saß, ihre Füße reichten kaum auf den Boden, so klein war sie, kam mir ein Gedanke. Wenn es mir irgendwie gelänge, das Gespräch auf ihr Lieblingsthema "Männer" zu bringen, dann würden die nächsten 50 Minuten für mich sicher überaus interessant werden. Yumi würde erzählen und ich würde mir so meine Gedanken machen. Es war ein Leichtes. Dennoch, nach kurzer Zeit musste ich feststellen, dass Yumi ganz und gar nicht das "Leichte Mädchen" war, sondern ganz ernsthafte Probleme hatte. In Japan gibt es ein Sprichwort, das besagt, dass ein noch nicht verheiratetes Mädchen über 25 Jahren wie ein Weihnachtskuchen sei, der bestellt und nicht abgeholt worden sei. Yumi war schon neunundzwanzig. Ihr Problem lag ganz und gar nicht darin, einen Mann für die Nacht zu finden, sondern einen fürs Leben. Sie wollte heiraten. Und das so schnell wie möglich. Ihre Eltern schienen überaus traditionell und bedrängten sie ständig, nun doch endlich einmal den Schritt zu wagen. Schon über zehn *Omiai* hatte sie gehabt und noch immer war kein richtiger Mann für sie dabei gewesen. Und dann begann sie zu erzählen über den immer noch sehr beliebten und auch in Großstädten angewandten Brauch durch *Omiais*, von Eltern und Freunden arrangierte Zusammentreffen zweier heiratswilliger doch vom Glück bisher verschonter Leute, um diese dem richtigen Partner zuzuführen.

Am Ende der kurzen Stunde tat sie mir leid. Schwer musste der Druck, endlich unters sichere Dach der Ehe zu kommen, auf ihr lasten. Nie hatte ich mir vorgestellt, dass jetzt, bald im 21. Jhd. und dazu in einer technisch und auch sozial so fortgeschrittenen Welt wie Japan, immer noch Heiratsvermittlungen und das Geschäft solcher Institute derart blühten. Ich spürte, dass mein abschließender schwacher Versuch, sie mit den Worten: „Als Jungfrau stirbst du sicher nicht", zu trösten, nicht richtig ankam. Wahrscheinlich hatte sie mich nicht verstanden. Gut so.

Wieder zurück in den Büroräumen stellte ich fest, dass der Rest meiner neuen Freunde eingetroffen war. Wie immer war Nicky, der kleine sarkastische Engländer, noch in seinem löchrigen, vom Schweiß und von der schmutzigen Luft der Stadt grauen Trägerleibchen. Sein verschmitztes Lachen, als er aus seinem Leinen-Seesack sein zerknülltes Hemd herausholte und versuchte die widerspenstigen Falten so gut es ging mit der Hand auszubügeln, heiterte den ganzen Raum auf. Es schien, als wolle er seine geliebten *Bidis*, gerollte indische Tabakzigaretten, selbst beim Überstreifen des Hemdes nicht aus dem Mund nehmen.

Neben ihm stand Crispin, kurz Crip. Er und Nicky waren

zusammen mit fünfzehn von zu Hause ausgerissen und hatten die letzten 13 Jahre fast ununterbrochen in Asien und ganz besonders in Indien verbracht. Obwohl beide kaum die Grundschule beendet hatten, war es doch überaus interessant, sich mit ihnen zu unterhalten. Viel mehr als all die Studierten um mich herum hatten sie Lebenserfahrung, und das spürte man auch im Umgang mit ihnen.

Rolf, dem Schweizer, der mit einem überaus attraktiven Mädchen etwas abseits unserer Gruppe stand, nickte ich kurz zu. Es muss wohl das instinktive Gefühl, aus derselben Alpenregion zu kommen, gewesen sein, das uns, auch ohne viel zu sprechen, einander verstehen ließ. Geschäftig schien er etwas zu erklären. Dabei wusste ich genau, dass es ihm nur darum ging, einen Blick in den tiefen Ausschnitt seines Gegenübers zu werfen, die mit ihren weiblichen Reizen nicht geizte.

Es war schon komisch. Hier in Japan, unter all den Millionen Japanern, waren es die Handvoll Gaijins, die sich, aus welchem westlichen Land sie auch immer kamen, beim ersten Zusammentreffen schon wie Brüder verstanden. Vielleicht waren es auch einfach die gemeinsame Kultur und Denkweise oder aber die ständige Einsamkeit, die einem, wenn man an manchen Abenden in der Dunkelheit im Bett lag, überkamen. Es ist schon schwer zu sagen, was den Grund dafür darstellte. Eines jedoch war sicher. Es gibt auch tausende Japaner, die jeden Tag mit der Einsamkeit zu kämpfen haben.

Schon über sechs Monate lebte ich nun in Toyonaka und kannte von meinen vielen Nachbarn nur die geschwätzige Tante vom Haus gegenüber, die mir ständig auflauerte, um mich mit ihrem Schwall von Fragen zu überschütten und neue Gesprächsthemen für ihren Tratsch aus mir herauszuquetschen versuchte.

Eine weitere Unterrichtsstunde begann. Die meisten jungen Leute, die an unsere Schule kamen, hatten mindestens sechs Jahre Grundschulenglisch gepaukt und wieder vergessen, die wenigsten aber hatten auch nur die geringste Ahnung von Deutsch. So hatten Rolf, Susanna und ich beschlossen, aus der großen Auswahl von Deutsch-Lehrbüchern der Sprachabteilung eines nahe gelegenen, unüberschaubar großen Buchgeschäftes, das für unsere Zwecke am besten erscheinende herauszusuchen und damit, unterstützt von allgemeinen, sublimentären Wort- und Grammatikspielen, unseren Unterricht abzuhalten.

Die 10-Minuten-Pause war im Nu vorüber, gerade genug Zeit, um die Akte des nächsten Schülers aus meiner Box zu nehmen. Shinichi war Salari-man, einer der Millionen Büroangestellten, die täglich früh am Morgen während der Rushhour mit steinerner Miene in der dichtgedrängten U-Bahn standen, nach außen hin ruhig und gelassen, in sich aber die tägliche Schlacht gegen das Monotone des Alltags bekämpfend und doch genau wissend, dass sie nie gewinnen würden. Sehr wohl auch wissen sie das schwere Kreuz eines Salariman mit Würde zu tragen. Jeder von ihnen ist stolz darauf, täglich einen Anzug zu tragen und die übliche Einheitssorte japanischen Tabaks zu rauchen.

Auch Atsushi machte da keine Ausnahme. Sein obligatorischer Anzug schien jeden Tag derselbe zu sein, die Pomade auf seinen triefend nass erscheinenden Haaren, im Style der Fiftys streng zurückgekämmt, war alt und stank.

Er war klein, sehr klein. Sein Haaransatz reichte gerade auf die Höhe meiner Schultern, sein Gesicht war markant, nicht gerade schön, aber männlich. Besonders seine wachen Augen hinter den schwarzen Kunststoffbügeln seiner Brille fielen mir auf. Sein Deutsch war überaus gut. Auf meinen Vorschlag, ein wenig mit dem neuen Textbuch zu arbeiten, ging er gar nicht ein. Er wollte sprechen. Ich ließ ihn.

Atsushi war mir, von seinem Äußeren abgesehen, gleich sympathisch. Er war überaus intelligent und interessant, ganz und gar nicht der kleine Spießer, für den ich ihn anfangs gehalten hatte. Sein Alter von 34 Jahren sah man ihm an. Er war noch nicht verheiratet, hatte auch noch keine Freundin, und als unser Gespräch langsam aufs Heiraten kam, begann er sich zu beklagen, wie schwer es doch sei, einmal ins Berufs-leben eingetreten, eine Frau fürs Leben zu finden. Lachend erzählte ich ihm von meiner vorhergehenden Stunde und über die vielen Omiais, die jenes Mädchen schon gehabt hatte. Er fand das gar nicht lustig, ja geradezu ernst erzählte er mir, dass dies für heiratswillige Leute oft der einzige Weg sei, sich zu finden. Er selbst war schon 18-mal auf Brautschau gewe-sen. ---- Nichts.

So viele Monate war ich schon hier, erst jetzt fühlte ich, dass ich Gelegenheit haben würde, dieses in Europa und der gan-zen Welt so fremd erscheinende Volk richtig kennen zu lernen. War ich in den letzten Monaten täglich damit beschäftigt, Japanisch zu lernen, so war ich doch auch den ganzen Tag unter anderen Ausländern. Gelegenheit, junge Japaner zu treffen und mich mit ihnen zu unterhalten, hatte ich kaum. Das hatte sich mit meiner neugefundenen Arbeit schlagartig geändert. Mein inzwischen schon recht stattlich gewordener Wortschatz an japanischen Wörtern half mir, die in der Sprache so klar erkennbare Denkweise und Kultur des japanischen Volkes besser zu verstehen.

Oft musste ich von in Osaka lebenden Ausländern hören, wie sehr sie doch die übertriebene Höflichkeit, das falsche Getue und dieses oftmalige Verbeugen der Japaner verachten würden. Immer wieder ärgerten mich diese ignoranten Gaijins, die in diesem Land lebten, arbeiteten, viel Geld verdienten und nicht das geringste Interesse an Sprach- oder Kulturverstehen aufbrachten. Unzählige Einflüsse hatten die Japaner geprägt. Sicher sehr stark geformt wurde die Kultur durch die geographische Abgeschiedenheit des Insellebens, dem entgegenstehend aber auch durch die seit dem 5. Jhd. ständig von dem aus der damaligen Hochkultur China ins Land kommenden Buddhismus, der sozialen Hierarchie- und Gesellschaftsstruktur, der geistigen wie auch der handwerklichen Künste und nicht zuletzt der langen, kriegsfreien Epoche der Edo-Periode, die 1867 nach zweihundertjähriger Dauer endete. Ist es nicht ganz natürlich, dass sich auch heute noch die Leute an jene tief verwurzelten Verhaltensregeln halten? Gerade in den so dicht besiedelten Großstadtgebieten bieten doch jene zur Schau getragene Freundlichkeit und vorgetäuschte Höflichkeit Schutz vor Aggressionen und Konflikten in der Öffentlichkeit. Nur nicht das Gesicht verlieren. Japaner, das gezähmte, selbstgezüchtigte Volk.

So gegen neun kam ich stets nach Hause. Auch Satoko musste meistens bis spät am Abend arbeiten, und so hatten wir Gelegenheit, fast täglich miteinander Abend zu essen. Ihre Familie war inzwischen auch meine geworden. Es kam mir ganz natürlich vor, in Gesprächen mit Satoko ihre Eltern ab und zu auch mit Okaa-san und Otoo-san anzusprechen. Stets war das Abendessen für uns gerichtet, wenn wir auch manchmal spät am Abend nach Hause kamen. Ganz im Gegensatz zum Brauch in meiner Heimat, wo man üblicherweise als Hauptmalzeit nur ein einziges Gericht erwartet, ist es in Japan üblich, aus vielen kleinen Tellern und Schälchen liebevoll und mit viel Aufwand zubereitete kleine Portionen verschiedenerlei Gemüse, Suppen, fein marinierte Salate und Tsukemono zu essen. Reis kommt täglich auf den Tisch, manchmal bis zu dreimal. Jetzt, da die kältere Jahreszeit bereits Einzug gehalten hatte, aßen wir auch zunehmend Nudelgerichte wie *Udon*-Suppe oder *Ramen* und verschiedenerlei Eintöpfe wie *Sukiyaki* und *Onabe* mit Fleisch, Fisch oder Gemüse. Ich konnte mich oft schon den ganzen Tag auf das Abendessen freuen.

Ab und zu saß ich danach noch für einige Zeit mit Satokos Vater Yoshinobu im Wohnzimmer auf kleinen Polstern, Zabuton genannt, am Boden, die Füße unter einen niedrigen Tisch gestreckt, an dessen Enden eine dicke Steppdecke, die die darunter durch eine kleine Heizung angenehm erwärmte Luft abhielt unter dem Tisch herauszukommen. So saßen wir, uns unterhaltend, für einige Zeit. Familienleben pur. Momente, die ich nie vergessen werde.

Mein langersehntes Studentenvisum bekam ich bei der Einwanderungsbehörde von einem kleinen, unsympathischen Schreiberling mit einer "Haa!! Ich bin ein Beamter!"-Haltung. Missmutig überreichte er mir meinen Pass. Nach einigen Behördenläufen, unzähligen ausgefüllten Formularen und einem exakten, aber von mir gefälschten Einkommensnachweis hielt ich nun endlich mein in den Pass gestempeltes Visum in den Händen. Weitere sechs Monate Aufenthalt waren genehmigt. Zuvor musste ich aber noch einmal ausreisen, nur um wieder einzureisen und die bei der Passkontrolle mit einem Datumstempel bestätigte Aktivierung des Visums zu erlangen. Man will es ja in Japan lebenden Ausländern so einfach wie möglich machen. Sicher kaum anders als in meiner Heimat, dem Beamtenstaat Österreich. Auch dort ist es nicht leicht, ein Ausländer zu sein.

Drei Tage Seoul – Südkorea: eine riesige Stadt. Kaum anders als Osaka. Vielleicht etwas bunter, was die Märkte und Leute betrifft, sicher schmutziger. Das tägliche Verkehrschaos auf den Straßen war ein Schauspiel sondergleichen, der Gestank in den U-Bahnen unerträglich. Dennoch war es angenehm, der Sterilität der japanischen Großstädte wieder einmal zu entkommen.
Mit Bob und Marie aus England zog ich zwei Tage lang herum, lief von Märkten zu Museen und Tempeln, bestieg einen Berg mitten in der Stadt, von wo aus man einen hervorragenden Ausblick hatte, und traf abends meinen Freund und Klassenkollegen Hayashi, einen Koreaner, mit dem ich denselben Japanischkurs besucht hatte und der inzwischen schon wieder zurückgekehrt war.
Mit dem sehr aktiven Nightlife als Abschluss und Krönung von drei sehr entspannenden Tagen verließ ich tags darauf das Land in guter Erinnerung.

Über eineinhalb Stunden waren wir gewandert. Immer noch nichts. Erst 11:00 Uhr morgens und wir hatten schon fast die gleichmäßig runde Kuppel jenes mit Bambusstauden dichtbewucherten Berges erreicht. Es war feucht und warm und die Windstille trieb uns ganz schön den Schweiß auf die Stirn. Auf unserer Suche nach wildlebenden Affen hatten wir schon längst das Ziel der meisten Großstadt-Pseudowanderer hinter uns gelassen, nämlich den recht berühmten Wasserfall von Minoh. Gerade jetzt im Herbst war eine der großen Attraktionen hier die wunderschöne Färbung der dichtstehenden Ahornbäume, die, ihre zierlichen, filigranen kräftigroten Blätter von den Gelb- und Brauntönen der herbstlichen Umgebung stark abhebend und durch den hier im Tal zu einem alles berührenden, angeschwollenen Fallwind in Bewegung versetzt, wie loderndes Flammenmeer wirkten. Die dazwischen eingebetteten schwarzen Stämme wirkten dazu wie die verkohlten Überreste eines Waldbrandes. Das leise Plätschern des durch unzählige kleinere Stufen unterbrochenen Bächleins, dessen Lauf wir gefolgt waren, verschluckte fast den Lärm der hinter uns hergehenden Schülergruppe. Auch vor uns gab es Leute. Ich bewunderte die schweren Bergschuhe und den ledergeriemten Rucksack eines etwas älteren Herrn vor mir. Gekleidet war er ganz in traditionell alpenländischem Look mit Kniehose, aschgrauen Wollstutzen und einem rot-schwarz-karierten Hemd. Die Ausrüstung macht den Wanderer hier, nicht das Wandern selbst.

Der nur ganz leicht ansteigende asphaltierte Weg, dessen Ränder fein säuberlich gepflegt aussahen, schlängelte sich, fast schien es mir wie eine Autobahn für Fußgänger, durch das steile V-Tal. Selbst jetzt im Herbst war der nahrhafte, feuchte Waldboden stellenweise dicht bedeckt mit leuchtendgrünen Farnen. Nahtlos verband sich das von Menschen Geschaffene mit der Natur und ließ die knappe halbe Stunde Gehzeit zum Wasserfall zum Vergnügen werden. Gedanken an meine Kindheit kamen auf, und hätten wir nicht ein anderes Ziel gehabt, wäre ich sicher zum Bachgrund hinunter und hätte dort mit Steinen gespielt.

Eben jenes für Großstadtleute so ungewohnte Naturerlebnis war ein Grund für so viele Leute, hierherzukommen. Und noch einen gab es. Nämlich Affen. Täglich so am frühen Nachmittag, so wurde mir gesagt, kamen sie aus den Wäldern und ließen sich mit salzigen oder süßen, auf jeden Fall nicht nur für Affen ungesunden Reiscrackern und Allerlei vollfüttern. Dabei kam es nicht selten vor, dass jene flinken, oft aggressiven Tiere auch Handtaschen, Fotoapparate, Jausenpakete und vieles mehr stahlen. Irgendwo hoch oben auf Bäumen oder Felsen saßen sie dann, durchsuchten alles, und nur selten fand das Diebesgut seinen Besitzer wieder.

Jetzt, da ich hier war, ließ sich keiner blicken. Nicht ein einziger. Satoko und ich beschlossen, noch weiter aufzusteigen, und erreichten schließlich eben jenes kleine Bambuswäldchen, welches, nur von einem schmalen Gehweg durchschnitten, unberührt erschien. Da endlich war auch der erste Affe. Gemächlich schwang er sich von Wipfel zu Wipfel. Klein, kurzhaarig, kaum dreißig Zentimeter groß, vielleicht noch jung.

Einige Zeit hatten wir ihm zugeschaut und ganz unsere Umgebung vergessen, doch als wir uns daranmachten, weiterzuspazieren, fuhr uns der Schreck ganz schön in die Glieder. Eine ganze Horde von Affen hatte sich inzwischen auf unserem Weg niedergelassen. Ein riesiges, sicher über einen Meter großes Leittier stand uns am nächsten, kräftig rosa das Gesicht mit grauem, dichten Backenbart wie einst Kaiser Franz Josef, die gelblichen Hauer beim Gähnen auf uns gerichtet. Ich hatte kein gutes Gefühl. Stets hatte ich Affen nur hinter Gittern vor mir. Ja, ich muss eingestehen, dass ich ein wenig Angst hatte, wusste ich doch nicht wie diese Horde und ganz besonders der mit den großen Hauern vor mir reagieren würde, wenn er meinen Sack Reiscracker in meiner linken Hand sah. Als die Meute dann noch näher auf mich zukam, ließ ich den Sack einfach fallen. Im Nu war er aufgerissen und der Inhalt hatte den Besitzer gewechselt.

Endlich etwas lockerer begannen auch Satoko und ich über uns selbst zu lachen. Ich war froh, dass uns niemand gesehen hatten und wir so nicht zum Gespött der Leute geworden waren. Wahrscheinlich wussten die Stadtmenschen besser mit Affen umzugehen. Wenige Minuten später war die Meute im Dickicht verschwunden. Stille.

Auf unserem Rückweg passierten wir noch einmal jenen eindrucksvollen kleinen Wasserfall, von dem die Tourismusbranche in dieser Gegend so zehrte. Wie Spinnen saßen die Eis- und Getränkeverkäufer und warteten auf ihre Opfer, welche in einem unaufhaltbaren Strom vom nahe gelegenen Parkplatz oder dem Fußweg von unten unausweichlich durch ihre Fänge mussten, wenn sie zum Wasserfall wollten. Ganz vorne auf einem kleinen Felsen am Rande des kleinen Teiches, in den unweit, nur knappe 15 Meter entfernt, der Wasserfall stürzte, ließen wir uns nieder. Erst jetzt hatte ich Gelegenheit, die Schönheit meiner Umgebung richtig wahrzunehmen. Steil, mindestens 25 Meter über uns, schoss der noch flaschengrüne dicke Strahl des Baches über jene Felskante hinaus und von dieser kaum entfernt zerstob das Nass in weißen Staub und Gischt. Langsam, gleich schwerem Schnee, senkte er sich, und an Geschwindigkeit gewinnend stürzte die zerstobene Flut mit wildem Getöse und Donner in den ruhig daliegenden kleinen, von Felswänden gesäumten See. Leicht geküsst vom zarten Rot der äußersten Zweige eines Ahornbaumes, dem

Grau der Felswände, dem Gelbbraun des Herbstes und dem tiefen Grün des Sees beschloss ich, von jetzt an des Öfteren diesen so beruhigenden Platz aufzusuchen.

Allesamt, die Affen und die Menschen, hatten sich auf dem kleinen Platz hinter uns eingefunden. Wer war in der Überzahl? Wer war wer? Es tat weh, die einst so wilden Affen jetzt, in die Abhängigkeit der Menschen gedrängt, nur um deren Kuriosität wie in einem Zirkus zu befriedigen, zu sehen. Auch Satoko und ich waren gekommen, um sie zu füttern. Ich war froh, dass wir nichts mehr von den Crackern hatten, und zugleich tat es mir auch leid, dass wir überhaupt etwas mitgenommen hatten für sie. Stets war ich gegen jegliche Zerstörung der Natur und die Gewöhnung wilder Tiere an die Menschenzivilisation. Es tat weh zu sehen, wie die Tiere gierig versuchten, aus den von Mülleimern geangelten Cola-Dosen die letzten Tropfen des künstlichen Süß in ihre Mäuler zu gießen, wie sie sich auf die weggeworfenen Jausenpakete, die Plastiksäcke und sonstigen Müll stürzten und somit, immer mehr ihrem natürlichen Kreislauf entfremdet, in Abhängigkeit gerieten.

Jetzt erst recht. Wir flüchteten.

Wir hatten eine jener kleinen japanischen Isakaya-Bars in den verwinkelten Gassen Umedas zu unserem Stammlokal gewählt und trafen uns dort einmal wöchentlich nach getaner Arbeit, um die letzten lustigen Begebenheiten und Neuigkeiten auszutauschen und mit *Yakitori* und *Tempura*, viel Bier und Gelächter zu feiern. Noch weitere zwei OEC-Schulen gab es, und nur Rolf und ich waren ständig in Umeda. Alle anderen mussten täglich wechseln, und so kam es, dass wir nicht immer von denselben Leuten umgeben waren. Den ge-

schwätzigen, hochgewachsenen Iren Oliver zum Beispiel sah ich nur selten. Er war ein Unikat sondergleichen, konnte er doch über noch so belanglose Dinge ohne Unterlass sprechen. Selbst wenn er nicht sprach, standen seine oft absurden Fragen im Raum und warteten nur darauf, von ihm selbst beantwortet zu werden. Die meisten Leute gingen ihm aus dem Weg, nur um nicht mit eben jenen die Lachmuskeln so schmerzhaft strapazierenden Fragen gequält zu werden, und so mancher, von seinem kurzen Schweigen Überlistete, drehte sich schon nach kurzer Zeit mit unterdrücktem Lachen, kopfschüttelnd um. Irgendwie fühlte ich mich zu ihm hingezogen. Er schien überaus intelligent, und schon nach kurzer Zeit fand ich heraus, dass er gar nicht so geschwätzig war. Als ob er unter einem Druck stehen würde, sich nicht wohl fühlte in unserer Gesellschaft und das oft ganz normale kurze Schweigen zwischen Freunden mit seinen Fragen zu zerschneiden suchte. Auf jeden Fall, er war mir sympathisch.
Genauso wie sein Freund Tim aus Kanada. Jener fast Zwei-Meter-Hüne mit seinem hohen Haaransatz, dem weißblonden, kurzgeschorenen Haar, der etwas zu geraden Nase und dem energischen, sanft gespaltenen Kinn, wirkte ganz besonders auf Japaner angsteinflößend. Doch das war er keineswegs. Im Gegenteil. Sein Charakter war gutmütig bis pessimistisch. Ja geradezu negativ sah er seine Umwelt und den offensichtlichen Erfolg bei Mädchen nutzte er kaum. Das Bier vor ihm hatte zu viel Schaum, sein Gehalt war zu niedrig, seine Wohnung zu klein, die Studentinnen in seinen Klassen trugen zu viel Kleidung, jeder versuche ihn zu betrügen, und die Welt schien ganz einfach schwarz. Oliver und Tim waren Positiv und Negativ. Auch ich musste irgendeinen Spleen haben, denn es schien, als würde ich gut zu jenen Zweien

passen.

In jene buntgewürfelte Welt der Charaktere fanden sich auch Sherie und Meg ein. Sherie war die Lebenslust in Person. Die New Yorkerin liebte alles Ausgefallene, hatte leuchtend orange gefärbte zu einem Bubikopf geschnittene Haare, trug die Üppigkeit ihrer weiblichen Reize kaum verhüllende Kleidung, selten Unterwäsche, wie sie selbst erzählte, und liebte Frauen. Bunt, das war sie ohne Zweifel.

Meg war die von allen geliebte. Sie war attraktiv, hatte Witz, lachte und so sah ich mit meinen Augen mehr den Freund als eine Frau in ihr.

So feierten wir stets dienstagabends bis spät in die Nacht, wechselten manchmal auch zur nahe gelegenen Zombie-Bar und ertränkten den Alltag in Reiswein, Bier und Worten.

Dasselbe tat ich auch eines Abends mit Herbert. Es war an jenem regnerischen Montagvormittag, als ich noch betäubt von der Strenge meiner Japanischstunde wie betrunken aus der Klasse wandelte. Ehrlich gesagt, auch das nächtliche Geschehen vom Vortag hatte seine Auswirkungen auf mein Befinden gehabt. Erst als Gilles neben mir stand, nahm ich ihn wahr. Er müsse mir dringend jemanden vorstellen, so sagte er mir, und ich solle doch kurz mit ihm kommen. Ich hatte keine Lust, jemanden kennen zu lernen. Meine Kopfschmerzen sagten nein. Ich ging mit. Das freundliche "Servus", mit dem ich empfangen wurde, kam von Herbert, einem Österreicher. Und nicht nur das. Er kam sogar aus derselben Gegend, nämlich einem kleinen Dörflein unweit von Innsbruck. Die Überraschung war groß. Wir hatten aber kaum Zeit, uns zu unterhalten, denn der Unterricht begann von neuem. Wir verabredeten uns für abends.

Da saßen wir nun uns gegenüber und konnten es kaum fassen. Zwei Tiroler im fernen Osaka vor einer Keramikflasche heißen Reiswein in einem gedrungenen, kleinen, aber hellen Isakaya. Das laute "Prost", mit dem wir jenen Abend einweihten, passte irgendwie nicht in diesen Raum und klang selbst in unseren Ohren fremd. Der glasklare, heiße Wein, aus einer kleinen Keramikschale getrunken, schmeckte süßlich mild und trocken und erwärmte unsere Kehlen. Er beflügelte unsere Zungen, die sich ohnedies, nicht mehr von Fremdsprachen oder auch dem oft gezwungenermaßen gesprochenen Hochdeutsch gehemmt, ungezügelt der Leichtigkeit unseres heimatlichen Dialektes erfreuten. Das lange nicht gespürte Gefühl der Sicherheit der Worte hüllte uns in einen Nebel und Taumel der Freude und seit langer Zeit wurde mir wieder bewusst, wie leicht es doch war, mich in der Mundart mit kurzen Sätzen, Worten, ja sogar nur Gesten zu verständigen. Zu viele Dinge gab es, die ich zugleich sagen wollte. Die Zeit schien zu drängen.

Herbert war drei Jahre älter als ich und hatte eine bewegte Zeit hinter sich. Er hatte in Innsbruck Geographie und Englisch studiert und war kurz nach seinem Studium auf Weltreise gegangen, welche er aber kurzfristig wegen eines Mädchens in Taiwan abbrach. Über ein Jahr verbrachte er dort und beschloss, das dort auch erstmalig kennen gelernte Ostasien weiter zu bereisen. Dies brachte ihn schlussendlich nach Osaka und Kobe. Auch hier hatte er schon über ein Jahr Vorsprung vor mir und meinen Japanischkenntnissen. Es tat so gut, dieses Gefühl des Verstandenwerdens zu spüren, mir den Frust wie auch die Freuden vom Leibe zu reden. Herbert ging es nicht anders. An jenem Abend lauschten wir unserem eigenen heimeligen Dialekt, tauschten Erfahrungen aus, tranken, tauschten aus, vergaßen die Welt um uns, lachten ....

Der Herbst wie auch das Frühjahr sind in Japan die eindrucksvollsten Jahreszeiten. Zu beiden Zeiten scheint die ganze Nation an Wochenenden und freien Tagen auf den Füßen zu sein, um die Schönheiten der Natur zu bewundern. Was dem Frühjahr das Hanami, das Kirschblütenschauen, ist dem Herbst das Kojo, das Bestaunen der prachtvoll gefärbten Kleidung der Natur. Zehn- ja hunderttausende Großstädter sind täglich unterwegs, um mit ihren Stativen, Kameras und Objektiven die Farben des Herbstes einzufangen, auf Film zu bannen, um sie in Alben zu kleben, um sie, eingesperrt in ihre Burgen aus Stahlbeton, zu verherrlichen.

Natürlich durfte auch meine Kamera nicht fehlen, als ich eines Sonntags an einem Ausflug von Satokos Schule teilnahm. Anfangs hatte ich noch gedacht, dass eine Gruppe von unterhaltungssüchtigen Englischstudenten für mich wohl Arbeit bedeuten würde. So war es dann doch nicht, und schon im Zug nach Kyoto, wohin der Ausflug ging, hatten wir es lustig. Neben Satokos Arbeitskollegen waren noch Ken, ein baseballjacketragender Amerikaner, Nancy, eine dunkelhäutige New Yorkerin, und Jeff aus Kanada dabei.

Unsere erste Station war Arashiyama. An einem breiten Fluss etwas westlich von Kyoto gelegen, war es kaum bewohnt und nur eine Seite vom Fluss war mit Souvenirgeschäften und Teehäusern verbaut. Wir entschieden uns, eben auf jener Seite dem Flusslauf nach oben zu folgen, und hatten schon bald gepflegte Natur um uns. Über ein kurzes Stück war der Wasserlauf angestaut. Auf dem so gebildeten länglichen See fuhren Liebespärchen in Ruderbooten. Viel zu sehr dem Tourismus verfallen war die Gegend, als dass es mir romantisch vorkam. Die Natur konnte jedoch nicht recht manipuliert werden und wirkte betäubend auf mich mit ihrem prachtvollen Kleid, das sich über die Berghänge gelegt hatte. Das leuchtende Gelb der Ginkobäume und die feurigen Ahornbäume zwischen den dunkel- bis schwarzgrünen Föhren und Zedern sowie die vereinzelt noch bräunlich verwelkten Blätter der Kirschbäume bildeten ein prunkvolles Mosaik. Die Kameras klickten, wie hätte es anders sein können. Genossen wird die Pracht erst, wenn sie in ein Album gebannt ist, denn in der Natur ist man viel zu sehr mit der Suche nach Motiven beschäftigt. Eine Schande.

Unter einer großen Föhre ließen wir uns nieder. Tatsuo, ein bis jetzt kaum bemerkter kleiner Mann mit gedrungenem Körperbau, setzte sich neben mir auf eine der hohen Wurzeln. Obwohl es einiges an Fantasie bedurfte zu verstehen, was sein lückenhaftes Englisch nicht ausdrücken wollte, lag Humor in seinen Worten. Ich schätzte ihn so um die Vierzig, vielleicht mehr. Sein lausbubenhaftes Äußeres ließ ihn jugendhaft erscheinen, seine kurze Körpergröße trug sicher noch dazu bei. Langsam bekam ich es satt, von all den Englischstudenten nicht als Gerald, sondern vielmehr als Englisch sprechendes Objekt gesehen zu werden, dem man ständig dieselben Fragen stellen und damit seine Sprachkenntnisse verbessern konnte. Mit Tatsuo war das anders. Mit ihm hatte ich einen angenehmen Ansprechpartner für den Nachmittag gefunden und teils auf Japanisch, teils auf Englisch schlossen wir Freundschaft.

Im Laufe des Nachmittags spazierten wir recht weit, durchquerten ein Bambuswäldchen, machten Halt an einem unweit gelegenen Tempel und kehrten ein in ein Teehaus. Es gefiel den meisten. So muss es sein. Da ich mich stets als denkendes

Individuum und nicht als gedanken- und gefühlskonformes Herdentier sah, war es nicht selten, dass ich mit meinen Ideen, meiner Kleidung und meinem Handeln ein wenig aus der Rolle fiel. Es war für mich einfach wichtig, der Mensch zu bleiben, den ich bis jetzt dargestellt hatte. Nie hatte ich das Bedürfnis aufzufallen oder irgendwo im Mittelpunkt zu stehen, doch nun alle meine Prinzipien über Bord zu werfen und "japanisch" zu werden, nein, dagegen sträubte ich mich. Dazu möchte ich aber gleich auch noch erwähnen, dass ich glaube, mich überaus gut und schnell an das Leben und die Gesellschaft angepasst zu haben. Ich mochte Japan. Nicht zuletzt wegen meiner Freundin Satoko und ihrer Familie, die mich so liebevoll in ihren Kreis aufgenommen hatte.

Der Nachmittag verging schnell. Wieder in Osaka angelangt, war noch lange nicht ans Nachhausegehen zu denken. Schließlich endeten wir, nachdem wir in Shinsaibashi einige kleinere Bars gestreift hatten, im neu eröffneten Hardrock Café in Namba. Ich genoss die Zeit mit Tatsuo, war er doch, seit mein Leben in Japan begonnen hatte einer der ersten Japaner überhaupt, zu dem ich so starke freundschaftliche Gefühle hegte. Wenn es auch nicht sehr tiefgründig war, was wir sprachen, so fanden wir doch immer wieder Übereinstimmungen, war es nun in Bezug auf Mädchen, Musik oder Weltanschauungen. Wir schieden als betrunkene Freunde.

Während der nächsten Monate bis Dezember verfiel ich in den Trott des Alltagslebens und nur wenige Abende oder Wochenenden sind mir in besonderer Erinnerung geblieben, vielleicht auch weil gerade zu jener Zeit mein Leben so ausgefüllt war mit Schulbesuch, Lernen, meiner Arbeit und dem fast allabendlichen Ausgehen mit meinen Kollegen. Meine Leistungen in den Japanischkursen begannen zu sinken. Zuerst nur langsam, kaum merkbar, denn noch konnte ich von meinem bisher Gelernten zehren. Das stete Ausgehen an den Abenden, der Alkohol und seine Freunde die Kopfschmerzen am nächsten Morgen nahmen mir den Willen weiterzulernen. Wenn ich auch aus Gewohnheit noch jeden Tag den Unterricht besuchte, so verschlief ich doch viele wichtige Nachmittage, an denen ich hätte lernen sollen. Erst am Abend wurde ich wach, ging zur Arbeit und danach kam das Übliche. Einen langfristig angesagten Japanisch-Wissenstest bestand ich noch einigermaßen gut und lag im Durchschnitt. Ich schlief noch beruhigt auf jenem schon dünnen Ruhekissen in die Winterferien und hatte vor, die nächsten drei Wochen zu genießen.

Weihnachten nahte, und obwohl ich wusste, dass hier in Japan jenes in Europa so wichtige Fest kaum gefeiert wird, herrschte in den dreistöckigen, unterirdischen Labyrinthen von Geschäftsstraßen, in den riesigen, vielstöckigen Kaufhäusern wie Hankyu, Hanshin, Daimaru und auch in den kleineren Geschäften und Shoppingarkaden reges vorweihnachtliches Treiben. Die mit Glitter und Glanz dekorierten Auslagen und Geschäfte berieselten ihre Kunden mit sanften Klängen von Weihnachtsliedern, und allgemein herrschte Kaufstimmung. Mein von Kindheit an gekanntes Gefühl von Weihnachten war ferner denn fern. Traurig war ich, als der 24. Dezember kam und ich meine Familie zu Hause in Österreich ohne mich das Fest feiern wusste. Satokos Eltern mussten wohl erkannt haben, dass ich recht trauriger Stimmung war, denn sie gaben sich sichtlich Mühe. Nachdem wir vorzüglich gespeist hatten, in großen, runden schwarz und rot lackierten Schüsseln wurde zuvor in einem Restaurant bestelltes Sushi serviert, tauschten wir unsere Geschenke aus, saßen zusammen im Fernsehzimmer, unterhielten uns und aßen schließlich, wie es hier in Japan der Brauch ist, einen reichverzierten Weihnachtskuchen. Wenn es nicht gerade der 24. Dezember gewesen wäre, hätte nichts auf Weihnachten hingewiesen und er wäre als ein nicht ungewöhnlicher Tag in mein Tagebuch eingetragen worden.

Unweit wichtiger als Weihnachten ist in Japan der Einzug ins neue Jahr. Ich freute mich darauf, die vielen Bräuche, das sagenhafte Essen und die drei Feiertage am Jahresbeginn zu erfahren. Wenn mein Leben auch nicht gerade jeden Tag acht Stunden arbeiten bedeutete, so ergab sich doch ein alltäglicher Rhythmus, der in den letzten Monaten nur kaum durch Urlaubstage unterbrochen gewesen war. Es schien mir schier unmöglich, an den Wochenenden den allgemeinen Stress abzuschütteln, und es war schwer auszubrechen aus der allgemeinen Wochenendlethargie. Ich war reif für ein paar Tage Entspannung. Zuvor gab es aber noch einige arbeitsreiche Tage bei OEC.

9. KAPITEL

Eine knappe Stunde dauerte die Fahrt mit dem JR-Schnellzug. Der uninteressante Ausblick auf die am Fenster vorbeifliegenden Hausdächer und das kurze Gebimmel der Glocken eines Bahnüberganges ließen mich noch einmal den Blick abwenden, sondern zurückfallen in einen traumreichen, leichten Schlaf. Erst eine etwas quakende Stimme aus dem Lautsprecher schreckte mich auf. „Ootsu! Ootsu de gozaimasu!" Ootsu ist der Name einer Stadt, welche am südlichen Ende des größten Sees Japans, des *Biwako*, lag. Es war Sonntagmorgen und die wenigen Leute im Waggon rührten sich kaum, als wir in den Bahnhof einfuhren. Schon vom Waggonfenster aus sah ich Tetsuya, den freundlichen und allwöchentlich meine Deutschstunden besuchen kommenden Salariman, auf mich warten. Tetsuya war einer der besten meiner vielen Deutschschüler. Nicht nur, dass er recht fleißig war, nein, er zehrte vom Deutsch, das er in Deutschland erlernt hatte, wo er in früheren Jahren mit seiner Frau zwei Jahre lang gelebt und gearbeitet hatte.

Auf seine Einladung hin war ich hierher gekommen, um an einem alten und heute kaum noch praktizierten Neujahrsbrauch, dem *Mochitsuki*, teilzunehmen. Er und ein paar Freunde hatten diese in seiner Nachbarschaft zum ersten Mal stattfindende Feier organisiert und er schien jetzt am späten Morgen schon abgehetzt und ruhelos. Wir fuhren zuerst über eine Brücke quer über den See und dann dem Ufer entlang Richtung Süden.

Tetsuya wohnte unweit von *Ishiyama-dera*, einem in der

Vergangenheit und auch heute noch sehr bedeutenden Tempel buddhistischen Ursprungs. Dort soll angeblich Lady Murasaki im 10. Jhd. das Leben am Hofe und die soziale Hierarchie der damaligen Zeit anschaulich in ihrer und der Welt ersten Novelle, die "Genji monogatari" niedergeschrieben haben. In brillanter Weise schildert sie das aristokratische Gesellschaftsleben welches verglichen mit der Rauheit des Lebens in Europa zu jener Zeit sehr ausgeprägt war. Heute bildet das Werk eines der wenigen Zeugnisse dieser Zeit.

Einem schmalen und durch steile Felsen zerklüfteten Wasserlauf folgten wir, bis wir endlich jene kleine Siedlung erreicht hatten, wo Tetsuya lebte.

Sein Haus war riesig und musste ein Vermögen gekostet haben. Es ist fast unmöglich für den Durchschnittsjapaner, auch ein noch so kleines Haus zu kaufen oder zu erbauen, wenn nicht Grundbesitz oder ein sonstiges Vermögen in der Familie vorhanden ist.

Es lag ganz am Rande der Siedlung nahe der Natur, davor stand ein Kaki-Baum, laublos, mit schwarzen, kahlen Zweigen. Bizarr sahen diese leuchtenden orangen Früchte auf jenem sonst so nackten Baum aus. Diese Shibugaki waren immer noch nicht reif und würden wohl erst in ein paar Wochen heruntergenommen werden.

Testsuyas Frau begrüßte mich herzlich, seine Kinder waren nicht zu Hause. Geflüchtet. Wie sie mir erzählte, war ihr Sohn gerade 17 geworden, in jenem Alter also, wo viele Kinder nur schwer zu bewegen sind, mit ihren Eltern etwas zu unternehmen. Wir gingen allein zum Gartenfest.

Zum Wort "Mochitsuki" möchte ich noch etwas erklären. Eine der wichtigsten Speisen zu Neujahr in Japan ist "Mochi" oder Reiskuchen. Mehlig weiß und zu handtellergroßen

Laibchen geformt, wird es zu vielen kulinarischen Köstlichkeiten weiterverarbeitet. Mochi wird nicht gebacken, sondern ist weich gekochter Reis, der geschlagen und so zu einer klebrigen, zähen Masse wird. Und eben jenes traditionelle Herstellungsverfahren wird Mochitsuki genannt. In den letzten Jahren war besonders in den Städten diese früher alljährlich stattfindende gesellschaftliche Veranstaltung fast in Vergessenheit geraten, und nur wenige junge Leute hatten je an so einem geselligen Fest teilgenommen. Auch für Tetsuya mit seinen 46 Jahren war es das erste Mal.

Alle schienen Tetsuya zu kennen. An die dreißig Leute und eine gellende Schar von Kindern hatten sich auf jenem eingezäunten kleinen Stück Rasenfläche eingefunden. Einige Ständchen mit langen Tischen waren aufgestellt worden und teils dicht bedeckt mit Schüsseln voll Salaten und anderen Speisen, welche die Frauen der Nachbarschaft liebevoll garniert und mit Tüchern vor Licht und Insekten geschützt zubereitet hatten. Nicht zu übersehen war der Tisch mit den Getränken, der, wenig auf die Menge von Kindern abgestimmt, mit Reisweinflaschen und Bierdosen überquoll. Doch das eigentliche Zentrum bildete die kleine Feuerstelle etwas abseits der Tische, auf deren niedrigem Backsteingerüst sich drei runde hellholzige Behälter mit jeweils vorne einem kleinen Loch, aus dem es dampfte, befanden. Wie Tetsuya erklärte, wurde darin gerade jener spezielle klebrige und glasige Mochi-Reis gedämpft, bis er gegart sein würde für das eigentliche Ereignis.

Anfangs kam ich mir doch ein wenig fremd vor in jener so verschworen erscheinenden Nachbarschaftsrunde, doch das mich sonst ständig begleitende Gefühl von Angestarrtwerden kam nicht auf. Im Gegenteil. Nachdem Tetsuya mich einigen Leuten vorgestellt hatte, war er plötzlich verschwunden und tauchte erst nach geraumer Zeit wieder auf. In der Zwischenzeit hatte ich mich schon mit einigen geselligen Männern angefreundet, und obwohl es noch früher Nachmittag war, stieg mir der zum Anstoßen gereichte Wein in den Kopf. Durch die Wirkung des Alkohols ungehemmt, sprudelte mein immer noch lückenhaftes Japanisch nur so aus meinem Mund, doch ich verstand und wurde verstanden.

Das eigentliche Ereignis begann, nachdem der inzwischen gegarte Reis auf seine Reife geprüft und für weiterverarbeitungsfähig erklärt worden war. Da niemand der Jüngeren eine Ahnung hatte, wie genau das Mochitsuki vor sich ging, wurde zwei Älteren der Vortritt gelassen. Auf einem im Durchmesser ungefähr vierzig Zentimeter dicken und sauber, glatt zugeschnittenen Baumstumpf, in dessen Mitte sich, einer soliden Holzschüssel gleich, eine gleichmäßige Mulde befand, wurde ein Teil des dampfenden Reises ausgeleert und zuerst mit den Enden dicker Holzschlegel geknetet. Erst dann begann das eigentliche Schlagen, das rhythmisch und mit ständigem Zurufen und Jubel der Umstehenden begleitet, vor sich ging. Immer wieder fuhr die befeuchtete Hand eines Zweiten zwischen den Schlägen in die Schüssel und knetete, drehte und wendete den immer zäher und konsistenter werdenden Reis, bis unter den alles zerschlagenden Holzwerkzeugen Mochi oder "Reiskuchen" übrig blieb.

Immer wieder wurden die Männer ausgetauscht und auch ich kam an die Reihe. Nie werde ich dieses in jenen Augenblicken Gefühlte vergessen, in denen ich jener so sanften und friedvollen Gesellschaft so nahestand. Selbst die Kinder kamen mit ihren kleinen Holzhämmern an die Reihe.

Nach der Freude an der Bewegung folgte die Gaumenfreude. Verzehrt wurde ein großer Teil davon unmittelbar darauf, noch warm und seidig glänzend, würzig, mit *Soja-Sauce* und *Nori*, oder süß mit roter Bohnenpaste, gelbem *Kinako*, einem feinen Pulver aus zerriebenen gelben Bohnen, und wer wollte auch herb, mit *Natto*. Auch jetzt noch, viele Jahre danach, erwecken diese Gedanken wieder jene Sehnsucht, diese Momente doch noch einmal aufzusaugen, zu kosten und zu bewahren.

Das letzte Bisschen war geschlagen, und jener Nachmittag fand nach einem etwas ruhigeren Grillabend einen gleichmäßig sanften Übergang zur Nacht, in der wir noch bis spät um das Lagerfeuer saßen, diskutierten und lachten.

Mein Freund Tetsuya hatte mir mit jenem Erlebnis wohl eines der bis jetzt eindrucksvollsten Bilder Japans gezeigt und ich werde nie vergessen, ihm und seinen Freunden dafür dankbar zu sein.

Am nächsten Tag war zugleich auch mein letzter Arbeitstag bis zum Dritten des neuen Jahres, denn in jener Zeit sind die höchsten Festtage des Landes. Alles war geschlossen, und wer nicht Zeit gefunden hatte, noch rechtzeitig einkaufen zu gehen, musste wohl hungern, denn auch Restaurants und Cafés waren geschlossen.

Doch gehungert wurde im Haus der Nakaus nicht. Satoko und ich hatten nach einem langen Spaziergang in Kobe und dessen Chinatown den verregneten Nachmittag des letzten Tages mit Videoschauen verbracht. Wenn immer ein Jahr zu Ende geht, überfällt es mich mit Wehmut und der gedankliche Rückblick in das erlebnisreiche Jahr schmerzt, kämpft in mir und erweckt die Sehnsucht, jene vielen schönen Momente doch noch einmal zu erleben.

Im Mittelpunkt des Abends stand der Fernseher mit seinen Entertainmentprogrammen, die die ganze Familie aufheiterten. Mich nicht. Vollgefüttert mit Miekos Spezialitäten saßen wir startbereit kurz vor Mitternacht vor unseren Schüsseln mit "*Toshikoshi soba*", langen, dünnen Weizenmehlnudeln in klarer Suppe, die, genau zu Silvester gegessen, langes Leben verheißen sollen. Zugleich saßen wir bei geöffnetem Fenster und lauschten den fernen Glocken eines Schreins, die das neue Jahr mit genau hundertvier Schlägen willkommen hießen. Das keineswegs als schlechte Manier geltende Schlürfen der Suppe, das Yoshinobu geräuschvoll praktizierte, übertönte nicht selten den dumpfen, hohlen Klang der Glocke. *Shinnen akemashite, omedetou gozaimasu!* Happy New Year!

Somit waren wir im neuen Jahr.

Die Schlemmerzeit hatte gerade erst begonnen, denn das Motto im ganzen Land ist in den ersten drei Tagen des Jahres, so viel wie möglich zu essen und so wenig wie möglich zu arbeiten. Am Morgen um neun saßen wir schon um den festlich gedeckten Tisch. Selbst Satokos Großmutter war gekommen. Das Alter und sicher auch die vielen erlebten Epochen und Zeiten hatten sie herb gemacht, ihr Rücken war gekrümmt, und das einst sicherlich sehr schöne Gesicht war zerknittert und bleich. Ich konnte verstehen, dass sie mich als Ausländer sah und, ein wenig um die Ehre ihrer Enkeltochter bangend, mich teils ignorierte, teils mit einem zaghaften Lächeln anblickte. Ich hatte es leicht, musste ich doch nicht den Tratsch der Nachbarn mitanhören, welcher über mich und

Satoko erzählt wurde. Ich wusste, dass es ihn gab, und ich spürte, dass Großmutter darunter etwas litt.

Der frühe Schmaus begann mit weißer Misosuppe und darin weich gekochtem *Mochi*, dem traditionellen *Ozouni*. Cremig-weich und warm gab sie dem Schlund die Geschmeidigkeit, das zähe Stück Reiskuchen hinunterzuwürgen. Außerordentlich mild und rund der Geschmack.

Sodann kam das ebenfalls traditionelle *Osechi Ryouri*. Schon Tage zuvor hatte Satokos Mutter begonnen, diese vielen kleinen Köstlichkeiten zuzubereiten, die jetzt in drei übereinandergeschachtelten Holzboxen überaus graziös und delikat verziert vor uns lagen. Verschiedenerlei zubereitete Stückchen Fisch, kleine runde *Oimo*, eine Kartoffelart, gelbe, knackige Fischroggen, die wie Zitronenspalten aussahen und salzig schmeckten, schwarz glänzende Bohnen von süß-herbem Geschmack, allerlei fein säuberlich gekochtes und zugeschnittenes Gemüse, einige orange, noch mit langem Kopf und Schale belassene Stücke Garnelen und noch vieles mehr. Abgerundet wurde das Ganze mit dampfendem, zartriechendem Reis. Ich könnte mich im Schwärmen für die sicherlich auch sehr teuren Köstlichkeiten noch auf lange Zeit verlieren und beende hiermit meine Ausführungen.

Mit Riesenschritten nahm das neue Jahr seinen Lauf und zeigte mir gleich zu Anfang seine Sporen. Eine überaus schwere Grippe suchte mich heim und ließ mich für über eine Woche weder in die Schule noch zur Arbeit gehen. Das Fieber stieg in den Nächten oft über 39 °C, ließ mich jedoch untertags allein, und so nutzte ich jene langen Stunden, um zu schlafen oder mehr oder weniger realisierbaren Träumen nachzuhängen.

Wahrlich hatte ich in den letzten Monaten und ganz besonders um das neue Jahr herum zugenommen und lag schwer und aufgeblasen auf meinem Futon. Dieser Gedanke und jenes schwerfällige Gefühl passten mir gar nicht. Doch was konnte ich machen inmitten des Häuserwaldes, aus dem es schier keinen Ausweg gab? Kinder spielten auf jenem abends so überfüllten Autoparkplatz vor meinem Fenster und ihr Gekreische und das Klingeln ihrer Fahrradglocken erfreuten mich. Am Fenster stehend beobachtete ich sie heimlich, wie sie, ihre starken, glänzendschwarzen Haare im Wind flatternd, zwischen aufgestellten Getränkedosen Slalom fuhren.

Und just überkam mich jener schon vor langer Zeit gehegte Gedanke, der meine Anschauungen von Japans Landschaft und auch Menschen und Kultur noch einmal um ein Vielfaches bereichern sollte. Ein Fahrrad musste her. Mein Geburtstag Anfang Februar schien mir der geeignete Anlass, mir selbst eines jener sagenumwobenen Mt. Bikes anzuschaffen. Dies würde alle meine körperlichen als auch seelischen Probleme lösen, so sagte ich mir.

Aber auch noch andere Träume hatte ich: Nie in meinem Leben hatte ich je allein und ganz auf mich selbst gestellt gelebt. Selbst jetzt war ich abhängig, wenn auch nicht finanziell, so doch von Satoko und ihrer Familie. In meinen über acht Monaten hier in Japan hatte ich nie einkaufen gehen müssen, nie kochen, nie waschen. Anfangs hatte ich noch Bedenken und ungute Gefühle gehegt, die Gewohnheit ertränkte sie aber schnell im See der Bequemlichkeit. Ja, ich musste mich selbständig machen, alleine leben, meine eigen vier Wände haben.

Zuerst gab es da aber noch meine Japanischkurse. Immer

mehr begann ich diese Schule zu hassen, suchte Ausreden, um nicht hingehen zu müssen, ließ mich fallen an den Abenden und nahm die Kopfschmerzen am nächsten Morgen als Vorwand, im Bett zu bleiben. Auch eine Lehrerin hatte sich aus irgendwelchen Gründen gegen mich gestellt und ließ keine Chance ungenutzt, mich bloßzustellen. Meine Freunde in der Klasse kannten mich jedoch und so war es nur wenig peinlich, ihr Geplapper über mich mit anzuhören. Angenehm war diese Situation jedoch auch nicht.

Mein Geburtstag kam und ging. Mein Leben mit Satoko war friedlich. Immer öfter begann ich an den Abenden zu Hause zu bleiben. Nur gelegentlich traf ich noch meinen kleinen Freund Tatsuo, der übrigens gar nicht unweit von Toyonaka wohnte, in einem *Yakitoriya* oder einer Bar.

Anfang März ging alles dann Schlag auf Schlag.

Ich war viel unterwegs gewesen, von einem Fahrradgeschäft zum anderen. Dann endlich in einem Stadtteil namens Ikeda hatte ich "es" gefunden. Nur knappe zwölf Kilo wog es, schimmerndes Aluminium im weiß-blau-schwarzen Kleid, seine zwei Räder noch gezügelt, wartend, um abzuheben, zu geilen und beglückenden Touren in der Landschaft des bergreichen Japans.

Die letzten drei Wochen vor den großen Ferien Mitte März ließ ich meine verhasste Schule sein, schwang mich fast täglich aufs Fahrrad und begann die bis jetzt unbekannte Seite Japans kennen zu lernen.

Eine meiner ersten Touren führte mich auf den Hausberg Ikedas, den Satsukiyama, nur eine gute Stunde von meinem Zuhause in Toyonaka entfernt. Anfangs war ich noch ziellos herumgeirrt in jenem ewig verwirrenden Netz von Straßen, dann aber mit einer kleinen Kopie einer Straßenkarte, die mir

Yoshinobu mit einem Zwinkern zugesteckt hatte, fand ich meinen Weg zum Fuße des Satsukiyamas. Über eine breite Mautstraße fuhr ich engen Serpentinen folgend auf ein helles Plateau, von wo aus man an klaren Tagen auf das Gewirr der Straßen und die unzähligen verschachtelten Häuser der Stadt blicken konnte. So ruhig sah alles aus, kaum mochte man glauben, dass Hektik und Stress regierten in dieser farblosen Welt zu meinen Füßen.

Weiter ging's den sonnenbestrahlten Südhang hinauf und erst allmählich wurde der kaum befahrene Weg flacher. Einem sanften Auf und Ab der Straße folgend, fuhr ich den Berg-rücken entlang und genoss den Ausblick zu meiner Linken auf die dunklen, feingefächerten und immer noch laublosen Äste junger Kirschbäume, die sich vom föhnwolkenüberzogenen Himmel im Hintergrund so markant abhoben und lautlos an mir vorbeiglitten. Zu meiner Rechten taten sich alsbald weite, gepflegte Grünflächen mit vereinzelten, wie kleine Seen wirkenden Sandgruben auf. Welch Verschwendung für nur wenige Dutzend Leute, die es sich leisten können, Mitglied in einem japanischen Golfclub zu werden, so ein riesiges Gebiet Natur zu zerstören, um deren Prestigehobby frönen zu können. Der Ausblick vom Kamm aus in Richtung Süden war die anfänglichen Anstrengungen wert gewesen. Vor mir breiteten sich unter einer Glocke gelblich-braunen Smogs liegend Osaka und Nishinomiya aus und in der Ferne selbst konnte ich noch die dunkelblaue gekrümmte Linie des Osakawangs, der Hafenbucht, mit seinen riesigen Frachtschiffen erkennen, die lange weißliche Streifen gekräuselten Wasser nach sich ziehend in den Hafen aus- und einliefen. Etwas westlich erahnte ich Kobe, das sich hinter den ersten hohen Bergen des

Rokkosan-Bergmassivs versteckte. Immer weiter fuhr ich den Rücken zurück, bis mich lange dunkle Schatten meiner Umgebung auf den schon niedrigen Stand der Sonne aufmerksam machten und mir anzeigten, dass es Zeit war umzukehren. Bergab war ich in kurzer Zeit wieder im Mantel des Smogs und der aufkommenden Dämmerung verschwunden. Die Stadt hatte mich wieder.

Mit Schwierigkeiten hatte ich eigentlich gerechnet, als ich eines Tages mit Satoko auf das Thema "Alleinleben" zu sprechen kam. Ganz gegen meine Erwartungen nahm sie meine Idee, eine eigene Wohnung zu besitzen, allein mein eigenes Leben zu führen, gelassen, ja zeigte sogar Verständnis für meinen langgehegten Wunsch. Auf keinen Fall aber wollte ich Satokos Eltern verletzen oder auf falsche Gedanken bringen. Sie hatten mich, den Gaijin, als Freund ihrer Tochter voll und von Anfang an akzeptiert, was im immer noch Ausländern gegenüber recht konservativen Japan nicht so oft vorkommt. Fast ein Jahr hatte ich nun bei den Nakaus gewohnt, und Mieko und Yoshinobu hatten mir das Gefühl, Teil ihrer Familie zu sein, gegeben.
Die Suche nach einer geeigneten Wohnung aber schien weit schwieriger zu sein, als ich gedacht hatte. An meinen freien Nachmittagen radelte ich von Immobilienmakler zu Immobilienmakler, quer durch Toyonaka und Ikeda, denn in einem war ich mir sicher, ich wollte auf jeden Fall in der Nähe Satokos bleiben. Es schien aussichtslos zu sein, etwas Passendes zu finden. Wohnungen gab es ja genug, doch schon die kleinsten Hasenställe schienen mein monatliches Budget für Miete und sonstige anfallende Kosten bei weitem zu übersteigen. Ganze drei Wochen dauerte es, bis ich endlich drei

zur Auswahl stehende, meinen Wünschen entsprechende Wohnungen gefunden hatte.

Die größte von ihnen war jene in Nose, einem größeren Siedlungsgebiet in den Bergen im Norden von Osaka. Sie lag zwar ganz in der Nähe des Bahnhofs, was recht angenehm erschien, doch von dort aus zu Satoko oder gar ins Zentrum von Umeda zu fahren glich mehr einer Reise als einer kurzen Bahnfahrt. Die Einzimmerwohnung selbst war geräumig hell mit Diele und kleiner Küche, und auch die Miete entsprach meinen Erwartungen. Sie gefiel mir. Doch noch hatte ich die anderen zwei Wohnungen nicht gesehen, und obwohl mich der Manager der Wohnungsvermittlungsagentur drängte, den Vertrag zu unterschreiben, denn sonst müsse er einem weiteren Interessenten den Vortritt lassen, entschied ich mich abzuwarten.

Die zweite Wohnung, die ich besichtigen ging, war sogar für einen Hasen noch zu klein, lag dunkel auf der Nordseite eines langgezogenen zweistöckigen Barackengebäudes und versprach Depressionen auch an sonnigen Tagen. Der Vorteil aber lag darin, dass sie nur unweit von Satokos Haus gelegen und selbst mit dem Fahrrad in weniger als zehn Minuten erreichbar war. Ebenfalls hier wurde ich gedrängt, entschied mich aber missmutig, auch noch die letzte der drei Wohnungen abzuwarten.

Auf der Fahrt dorthin wurde mir erklärt, dass es sich bei der nächsten gar nicht um eine Wohnung, sondern vielmehr um nur ein Zimmer in einer Art Wohngemeinschaft handle, und sie daher auch nicht in die Preislage von jenen falle. Sie läge sehr zentral und sei wesentlich günstiger in der Miete, ich müsse aber Toilette, Bad und Küche mit anderen Bewohnern des Hauses teilen.

Shimada-san, die kleine Hausmeisterin, kam uns mit ihrer stets etwas watschelnden Gangweise entgegen, stellte sich kurz vor und zog mich dann wie ein kleines Kind am Arm haltend durch die große, gläserne Eingangstür in das blanke Stiegenhaus. Sie war gesprächig und schien großes Interesse zu haben, einen Ausländer in das sonst nur von jungen Japanern bewohnte Haus zu bekommen. Gerade heraus sagte sie gleich, dass auch Mädchen mit aufs Zimmer zu bringen keine Probleme mit sich bringe. Ich musste lachen. Die kleine Dame wurde mir immer sympathischer mit ihren schulterlangen bräunlichen Haaren. Das Haus selbst war gepflegt, es roch geradezu nach Sauberkeit. Jetzt um den frühen Nachmittag schien das Haus wie ausgestorben. Langsam folgte ich der beim Stiegensteigen etwas ächzenden Hausmeisterin in den 4. Stock. Es war der hellste von allen, da direkt neben der Küche und der Toilette über die ganze Längsseite des Hauses eine luftige, etwas zwei Meter breite Terrasse gezogen war. Da jener 4. Stock auch der vorletzte von oben war, kam vom engen, in den unteren Stöcken so dunklen quadratischen Innenhof warmes Tageslicht und durchflutete den mit dunkelroter Plastikmatte ausgelegten blanken weißen Gang. Vorbei an der Küche mit dem Gaskocher und zwei länglichen, stählernen Abwaschbecken, denen gegenüber eine Waschmaschine stand, gingen wir vom Stiegenhaus nach links und erreichten gerade um eine Ecke herum das westseitig gelegene Zimmer mit der Nummer 405.

Etwas stickige Luft kam mir entgegen, als Shimada-san aufgesperrt hatte und wir eintraten. Das Zimmer war das bisher kleinste überhaupt. Drei mal drei Meter war es groß, hatte aber ein schönes, langes Fenster der Tür gegenüber und gerade davor einen wackeligen Schreibtisch. Dort gleich daneben stand auch ein schon etwas gelblich gewordener Kühlschrank und rechts von der Tür füllte ein viel zu weiches, knarrendes Bett den Rest des Zimmers. Und dann gab es gerade noch genug Platz für die kleine rundliche Frau Shimada und mich. Nein, für dieses Zimmer konnte ich mich anfangs wenig begeistern. Da schon eher für die zentrale Lage des Gebäudes, die luftige Terrasse, auf der auf dicken Bambusrohren Wäsche zum Trocknen aufgehängt war und von der man einen überragenden Ausblick auf das einzige sogar relativ große Reisfeld in dieser Gegend hatte, das große Flachdach, das sich im Sommer hervorragend für Open-Air-Partys eignen würde, und natürlich die Gesellschaft der vielen Mitbewohner in jenem Haus. All jene Punkte waren schließlich ausschlaggebend für meine Entscheidung, dort einzuziehen. Es war eine gute Entscheidung und mit Wehmut denke ich auch heute noch oft an jenes wohlige Gefühl, das ich stets empfand, wenn ich dieses Haus betrat.

Die schönste Jahreszeit für mich in Japan war immer der Frühling. Ganz besonders aber liebte ich die Zeit der Kirschblüten, die Anfang bis Mitte April ihr schönstes aller Kleider zeigten. Sie hielten mir vor Augen, wie schnell doch die Zeit verging. Es schien mir, als ob ich erst in Japan angekommen sei, dabei war ich schon fast ein Jahr in diesem Land. Ich liebte mein damaliges Leben in Japan, und nie und nimmer hätte mich jetzt noch etwas von hier wegbringen können. Ich hatte Arbeit gefunden, konnte die Vormittage mit Lernen verbringen, hatte mein eigenes Leben und war glücklich mit Satoko. Nebenbei hatte ich noch ausreichend Freizeit für meine Hobbys. Mit meinem Fahrrad war ich mobil geworden, hatte Möglichkeiten, in die Natur zu entkommen, und nutzte jede Gelegenheit, dies auch zu tun. Mein Leben war ausgefüllt.

Lange Ausflüge unternahm ich zu jener Zeit in das Hinterland, fand viele Schönheiten und auch den Reichtum der japanischen Natur. Ganz besonders liebte ich aber jenen erstbefahrenen Berg namens Satsukiyama. Jetzt, zur Kirschblütenzeit, war es besonders schön, von hinten aufzusteigen, um von oben her mit Leichtigkeit durch rosarote und prächtig weiße Kirschbaumwälder zu rasen, welche manchmal über der Straße zusammengewachsen waren, so dass es schien, als ob man durch einen Tunnel aus Blüten fuhr. Immer wieder sah ich Pärchen, Schülergruppen und Familien beim *Hanami*, mit Sake und Obento unter blühenden Kirschbäumen sitzen. Ich führte wahrlich ein schönes Leben.

Ich hatte lange gebraucht, mich aufzuraffen und meiner mehr und mehr verhasst gewordenen Japanischschule adieu zu sagen. Nicht, dass ich nicht mehr lernen wollte, denn immer noch gab es unendlich viel, das ich nicht wusste, jedoch, so spürte ich, musste ein baldiger Wechsel her, um mich anzutreiben, ein neuer Sporn, der mir in die Flanke drückte und mich zwang vorwärts zu galoppieren.

Zusammen mit Ishu, meinem Freund aus Taiwan, machte ich mich auf die Suche und fand eine recht kleine, direkt dem Bahnhof von Shin-Osaka gegenüberliegende Schule mit Namen "Universal". Ishus Freund hatte sie mir empfohlen und die lockere Atmosphäre in den Klassenzimmern, die jungen, aktiven Lehrer und das gelungene Gespräch mit Nagai-Sensei, einer kleinen grauhaarigen, sehr elegant gekleideten Frau mittleren Alters, stimmten mich wieder positiv, gaben mir Energie und schon am nächsten Tag kam ich wieder, um mich anzumelden.

Es war eine gute Entscheidung, das spürte ich. Besonders freute mich, dass die meisten meiner Klassenkollegen aus China kamen. Immer schon hatte ich ein Faible für China gehabt, ein Land das heute nur mehr im Schatten seiner einstigen Hochkultur steht. Die vielen Diskussionen mit ihnen über ihre Geschichte, das heutige Leben und auch die von der so resoluten Regierung blutig niedergeschlagenen Studentenrevolte in Beijing '89, über die sie viel zu erzählen wussten, brachten mich ihnen näher. Ich mochte sie. Sie zeigten Gefühle ganz offen, weiteten ihre Tore und ließen mich eintreten in ihre Welt. Ihr Leben hier in Japan war wesentlich schwieriger als meines. Sehr von der Glut des überall schwelenden Rassismus gemarkt, hielten sie wenig von Japanern, lebten Tag und Nacht in ihrer Kommune und warteten geduldig auf den heißersehnten Tag ihrer Heimkehr. Mit schwer verdientem Geld würden sie in ihr Land als Neureiche zurückkehren, die Qualen des illegalen Arbeitslebens hier in Japan vergessen und glücklich sein.

Nicht anders erging es Kim und Jun aus Korea. Sie waren weniger des Geldes als des Japanischlernens wegen hier, doch hatten auch sie kein leichtes Leben. Ich mochte sie ebenfalls. Weniger jedoch konnte ich Frank, den Ami, leiden. Überaus cool versuchte er alle um seinen Finger zu wickeln und schien besessen vom Wort Sex zu sein. Ich konnte es nicht ausstehen, wie er stets versuchte, sich an Koo-san oder an Yukimura-Sensei heranzumachen.

Ganz das Gegenteil war Ben, der Australier, ein weiterer Klassenkollege. Zusammen mit Jason aus New Zealand und

Susi aus Frankfurt, die stets enge T-Shirts und nie einen BH trug, bildeten wir das Team der westlichen Ausländer. An dieser Schule freute es mich plötzlich wieder, täglich aufzustehen, und sogar einen längeren Anreiseweg nahm ich in Kauf, um Susi gegenüber zu sitzen. Mit neuem Elan setzte ich meinen verwirrenden Kampf mit Wörtern und Kanji fort. Japanisch war nicht zu schlagen.

Stille um mich. Es war eigentlich gar nicht still und dennoch schien es mir so, denn jeglicher von Menschen geschaffene Laut war verstummt. Die milde Seeluft fühlte sich weich und feucht an, und nur ihr sanftes Rauschen im Fahrtwind und das Geräusch brechender Wellen vom nahen Strand hüllten mich in Frieden. Meine Lippen brannten ein wenig und waren ausgetrocknet von der salzhaltigen Luft, genauso brannten auch meine von der Mittagssonne leicht geröteten Schenkel, die nun schon seit knapp zwei Stunden ohne Unterlass die Pedale meines Fahrrads getreten hatten. Sicherlich hatte ich schon an die 40 Kilometer hinter mir und musste irgendwo an der Küste in der Nähe von XXX sein.

Anfang Mai gibt es jedes Jahr in Japan einige Feiertage, die, aus welchen Gründen auch immer, "Goldene Woche" genannt werden. Auch meine Schule war für einige Tage geschlossen, und so wollte ich diese Gelegenheit einmal nutzen, um wegzukommen, zu flüchten vor dem Wirbel der Stadt. Satoko war um nichts in der Welt zu bewegen, sich ein Fahrrad auszuleihen, und so beschloss ich kurzerhand, mich allein auf den Weg zu machen und auszubrechen aus der Monotonie des Alltags. Mit meinem Rucksack, ein wenig Wäsche und dem Schlafsack am Rücken war ich aufgebrochen an jenem sonnigen Wochenende um 6:00 Uhr früh. Die kühle Morgenluft tat wohl und kühlte meine erhitzte Stirn auf der Fahrt durch die fast menschen- und fahrzeugleeren Straßen Richtung Takarazuka. Von dort aus war ich dem Flusslauf des Mukougawa bis zu seiner Mündung ins Meer gefolgt, und endlich in Nishinomiya angekommen, war es ein Leichtes gewesen, den Weg zum Fährenhafen zu erfragen. Am Vorabend nach meiner kurzfristigen Entscheidung, diese Tour anzugehen, hatte ich mich noch telefonisch nach den Auslaufzeiten der Fähren nach Awajishima, einer birnenförmigen und 100 Kilometer langen Insel zwischen Kobe und der Insel Shikoku gelegen, erkundigt. Angenehm erwärmt, jedoch etwas zu früh war ich im Hafen angekommen.

Besonders die Fahrt dem Flussufer entlang war bereits ein Erlebnis für sich gewesen. Die gerade vom nächtlichen Schlaf erwachte Sonne hatte den Tag zärtlich aus der Morgendämmerung geholt und ihre sanften Strahlen, die sich in den kleinen Wellen des Flusses gebrochen und wie Gold über die ganze Landschaft ergossen hatten, auf den Weg geschickt, um die Welt und mich zu wecken.

Gepflegte Rasenflächen mit rotstämmigen Pinienbäumen hatten sich mit Schilflandschaft und stählernen Brückenpfeilern abgewechselt. Vereinzelt waren auch schon Leute unterwegs, beim Jogging oder Golfspielen. Selbst die lieblichen Vogelstimmen hatte ich noch im Ohr, als ich mit surrendem Rad unter den Bäumen dahingezogen war. Ganz besonders aber das Zwitschern einer Uguisu, einer Nachtigall, hatte mich beeindruckt, hatte ich bis jetzt doch nur ganz wenige Male Gelegenheit gehabt, jener unverkennbaren Zusammensetzung aus tiefen und hohen Tönen zu lauschen.

Die Fähre war pünktlichst ausgelaufen und nach knappen

zwei Stunden stand ich mit Rad und Gepäck im Hafen von Tsuna auf der Insel Awaji. Immer der Küste entlang wollte ich, der Sonne nach Süden folgend, auf der Steilküste und Sandstrand sich abwechselnden zügigen und kaum anspruchsvollen Asphaltpiste dahinziehen. Bis zur Stadt Sumoto musste ich noch auf der etwas stärker befahrenen Autostraße bleiben, dann aber ging es wie im phantastischen Rausch zwischen vereinzelten Palmen und Meer dahin. Es ließ mich Zeit und Alltag vergessen und in einer Welt des taumelnden Schlafwandelns die präsente Traumwelt genießen. Gern wäre ich noch lange in jener schmerzfreien Welt geblieben, hätte mich nicht ein schier unstillbarer Durst zurückgeholt.

Ausgestorben schien die Stadt XXX. Wind- und sonnengegerbte Holzhütten lagen wie schwarze verwitterte Perlen aufgereiht an der einzigen Durchzugsstraße des Fischerdorfes. Geschäfte gab es kaum. Alles war geschlossen und gespenstisch flatterte einsam ein indigoblaues, mit Kanji bedrucktes Leinentuch vor dem Eingang zu einer ebenso unheimlich erscheinenden Wirtschaft. Ich fuhr vorbei. Schon hatte ich die Hoffnung auf ein perlendes Getränk aufgegeben, als fast am Ende der Ortschaft endlich ein kräftig roter Getränkeautomat etwas Farbe in die sonst so vom Braun der Häuser und Grün der Landschaft dominierte Gegend brachte und meinen inzwischen grau gewordenen Himmel wieder erhellte. Lange gedürstet und jetzt erst gestillt und gelabt am künstlichen Süß einer Dose Cola war ich wieder fähig, die Schönheit meiner Umgebung objektiver zu betrachten. Zwischen zwei mit Wellblech bedachten Schuppen erhaschte ich einen kurzen Blick auf den Hafen des Ortes, in dem die kleinen Fischerboote, mit langen Seilen am Betonpier festgemacht, in Reih und Glied, wie eine Armee auf ihre Generäle wartend, zur nächtlichen Ausfuhr bereitlagen. Vereinzelt saßen Kinder mit langen Angelruten dort, und ihr beglückendes Geschrei, wenn etwas Zappelndes am Haken hing, ersehnte in mir die Kindheit zurück, das unbefangene Benehmen, die Sorglosigkeit des Seins.

Hier im Süden der Insel machte die Küstenlinie plötzlich einen kräftigen Knick. Laut meiner Straßenkarte mussten bald Berge auftauchen.

Dicht bewaldet ragten sie plötzlich wie aus dem Nichts vor mir auf. Ein Schild am Wegrand lud ein zum Besuch eines Affenparks. Noch genug von meiner letzten Begegnung fuhr ich daran vorbei, ohne es eines weiteren Blickes zu würdigen. Ich mochte keine Affen und außerdem hätte ich dort sicherlich auch Touristen getroffen, welche ich genauso wenig mochte. Nein, vielmehr konnte ich mich da an den zuckenden Flügelschlägen bunter Schmetterlinge erfreuen, die mich des Öfteren auf meiner langsamen Bergfahrt für einige Meter begleiteten. Oder die herrliche Aussicht. Zwischen zwei Bergkeilen erblickte ich über dem leuchtenden Grün der dicht mit kleineren Bäumen und niedrigem Buschwerk bewucherten Hänge das tiefblaue Meer und dessen Wellen, die, gekrönt mit weißer Gischt, langsam auf die Küste zurollten. Der Wind blies kräftiger hier oben. Nach einigen steileren Berg- und Talfahrten ging es auf zügiger, kurvenreicher Straße bergab, bis ich wieder auf dem Niveau des Meeres angekommen war. Der Schweiß auf meiner Haut war inzwischen aufgetrocknet, meine Haare jedoch immer noch feucht und klebrig, nicht zuletzt wegen der salzigen Meeresluft.

Von dort an begann ein etwas monotoner Abschnitt, der aber eben durch jene Gleichförmigkeit der Landschaft und die fast schnurgerade Autostraße, die Einsamkeit und Weite des Meeres zu meiner Linken auch etwas Reizvolles an sich hatte. Ab und zu nur kamen mir Radfahrer entgegen, die dieselbe Tour nur in entgegengesetzter Richtung eingeschlagen hatten und welche mich mit einem freundlichen "Harro" oder "Konnichi wa" grüßten. Nach etwa 20 Kilometern weitete sich das Land und die Monotonie der Farben während der letzten Stunde verlor sich im Grün der Felder und Wiesen, die, eingebettet in sanfter Hügellandschaft, mich auf meinem Weg ins Landesinnere ständig begleiteten. Ebenso begleitete mich der Geruch von frischen Zwiebeln, die in langen Beeten angebaut wurden. Immer wieder tauchten Bauernhäuser mit steinernen Fundamenten und geschwungenen Dächern, strohbedeckte Hütten und gelegentlich auch Anzeichen eines Shinto-Shrines auf. Frauen in dunklen Hosen, schwarzen Gummistiefeln und mit breitrandigen, runden Hüten, die sie mit darübergelegten und unters Kinn gespannten Tüchern am Kopf fixiert hatten, arbeiteten geschäftig auf jenen Feldern. Ihre Gesichter runzelig, von der Sonne und der milden Land- und Seeluft gegerbt, starrten sie mir beim Vorbeifahren nach. "Henna gaijin".

So gegen 5:00 Uhr abends erreichte ich endlich den langersehnten westlichsten Punkt der Insel. Von dort konnte ich etwas erhöht eine weiß-graue stählerne Brücke erahnen, die die Awaji-Insel mit der viertgrößten Insel Japans, nämlich Shikoku, verbindet. Mächtig lag die *Setoouhashi*, mit ihren hohen Türmen durch rote Lichter begrenzt, im Abenddunst.

Den ganzen Tag schon war ich fast ohne Unterlass geradelt, mein Hinterteil tat weh vom Sitzen, meine Schenkel waren auf der Innenseite vom ständigen Reiben am Sitz aufgeraut, mein Nacken schmerzte und war genau wie mein Gesicht und meine Arme verbrannt von der Sonne, und meine Augen brannten von dem Staub und dem ständigen Fahrtwind. Erschöpft erreichte ich noch knapp vor dem Dunkelwerden und nach 110 Kilometern Fahrt mein für den ersten Tag gesetztes Ziel, die Hafenstadt Minato.

Die Suche nach einer Unterkunft gestaltete sich überaus schwierig. Zuerst hatte ich vorgehabt, im Schlafsack zu übernachten, jedoch sehnte ich mich nach einem warmen Bad und einem weichen Bett und so fuhr ich von einer Pension zur anderen und versuchte mein Glück. Nichts. Alle waren wegen der Feiertage voll belegt. Ich fluchte.

Obwohl es schon dunkelte entschloss ich mich noch bis zum nächsten Fischerdorf zu fahren, als ich plötzlich hinter mir ein Hupen hörte. Ein weißer Lieferwagen mit offener Ladefläche bremste im Staub neben mir und "Taka", ein Fischer, der meine Suche nach Unterkunft im Hafen der letzten Stadt beobachtet hatte, hieß mich einsteigen. Er wüsste einen Platz für die Nacht. Sollte ich ihm trauen? Ich tat es, warf meinen Rucksack und mein Fahrrad zwischen die geladenen Bojen auf die Ladefläche und stieg zu ihm ins Auto. Mit breitem Grinsen zeigte er sein lückenhaftes gelbes Gebiss. Tiefe, sternförmig angeordnete Falten an seinen Augenwinkeln und seine zerzausten Haare unterstrichen noch seine Heiterkeit. Wir rauchten, unterhielten uns mit wilden Gebärden, lachten und erreichten so schließlich etwas landeinwärts einen kleinen Hof. Erlöst von den Strapazen und glücklich entlud ich mich meines Rucksackes im einzig noch freien Zimmer jenes *Minshukus*. Als ich jedoch zurückkam, um mich zu bedanken, war Taka leider schon in seinem Auto, hatte umgedreht und fuhr auf holpriger Piste davon. Ich sah ihn nie wieder.

Es klopfte, die Schiebetür wurde aufgeschoben und die Wirtin kam mit einer Kanne Tee und einer Tasse in der Hand herein. Im Garten vor meinem Fenster feierte eine Gruppe von Jugendlichen aus Osaka mit viel Bier und Reiswein eine Grillparty. Auf die Frage, ob ich *Washoku*, japanisches Abendessen mit Fisch, Reis und Misosuppe, essen oder doch lieber auch im Garten grillen möchte, entschied ich mich fürs Letzteres und fand mich, nachdem ich mich ausgiebig geduscht und in einer großen Badewanne in quälend heißem Wasser gebadet hatte, im Garten vor meinem eigenen kleinen Holzkohlengrill wieder. Vor mir eine große Flasche Kirin-Bier, ein Teller mit dunkelrotem, fein mit Fett durchzogenem Fleisch, Tintenfischstreifen, Shrimp und viel Gemüse. Hochgenuss der Gaumenfreuden. Eine weitere Flasche Bier wog mich wenig später in einen schweren, traumlosen Schlaf.

Das Haus schien leer. Meine Uhr zeigte kurz vor neun. Fast zwölf Stunden hatte ich geschlafen, und nur ein zaghaftes Klopfen an den Holzrahmen der mit weißem Washi bespannten Schiebetür hatte mich geweckt. Von meiner kurzen Morgenwäsche ins Zimmer zurückgekommen, war mein Bettzeug schon verräumt und auf dem niedrigen Tischchen in der Mitte des sonst leeren Tatami-Raumes stand ein Tablett mit meinem Frühstück. In verschiedenerlei Schüsseln, Tellern und Tassen war ein typisch japanisches Frühstück angerichtet. Abgedeckt in einer roten Lacktasse befand sich rötlich-braune Misosuppe, auf einem länglichen, rechteckigen Teller lag jeweils eine Schnitte gegrillte Makrele und Lachs, daneben einige bunte, eingelegte Stücke Gemüse, ein paar Blätter getrockneten Seegrases und in einer großen Schüssel gab es dampfenden, herrlich weißen Reis.

Gezahlt hatte ich schon am Vorabend und so brach ich nach einem kurzen "Sayonara", meinen Rucksack geschultert, wieder frisch, jedoch mit einigen Schmerzen in den Beinen und dem Sitzbereich auf, um heute die Umrundung von Awaji zu beenden. Nur mehr gute 70 Kilometer hatte ich vor mir. Ich konnte mir also Zeit lassen, und das tat ich auch. Viel mehr als noch am Vortag bewunderte ich die überaus schöne Landschaft, erfreute mich an der Einsamkeit und genoss die Wechselwirkung des kühlen Fahrtwindes und der warmen Sonnenstrahlen, die schräg von hinten meinen Rücken erwärmten. Flachland wechselte sich mit leichten Hügeln ab. Die ruhige See war über längere Strecken links von mir zu sehen, dann aber wieder war ich umgeben von grünen, säuberlichst gepflegten Feldern, auf denen gelber Raps, Gemüse und sonstiges Grünzeug wuchs. Für Reis war es dieses Jahr noch etwas zu früh, wird er doch erst nach der Regenzeit, Mitte Juni also, gesetzt. Immer wieder tauchten kleine Fischerdörfer auf, in deren Häfen die vom nächtlichen Fang bereits zurückgekehrten Boote friedlich lagen. Fischer ordneten, säuberten und pflegten darauf ihre Netze und oftmals beneidete ich sie um ihre stoische Ruhe, wenn vereinzelte Windböen ganz plötzlich ihre kleinen Gefährte aufschaukeln ließen. Kaum zu glauben, dass knapp zwei Autostunden entfernt die Städte Kobe und Osaka mit ihren Schlöten, ihrem Lärm und Stress lagen. Oft schon hatte ich mir gedacht, dass Fischer zu sein einer der wenigen für mich wahren Berufe darstellt, lebt man doch im Einklang mit der Natur. Keineswegs ist es ein leichter Beruf, doch ist es leichter, nach langer Fahrt in vollen U-Bahnen in einem kleinen, stickigen Büro alltäglich zu sitzen und tagelang den Himmel nicht zu sehen? „Vielleicht werde ich Fischer eines Tages!"

Aus meinen versponnenen Tagträumen weckte mich ein Junge mit Fahrradkleidung, der mir schon von weitem zugewinkt hatte. Ich hielt. Sein Bike lag mit einem platten Hinterreifen in einem Gebüsch in der Nähe, und da ich noch genügend Zeit hatte, um die Nachmittagsfähre zurück nach Nishinomiya zu erreichen, gesellte ich mich zu ihm und wir begannen zu zweit seine Panne zu beheben. Hiroyuki war noch jung, vielleicht siebzehn. Wie er mir erzählte, war er mit seinem Vater und seinem jüngeren Bruder unterwegs, die aber hatten einen viel kürzeren Weg quer über die Insel eingeschlagen, und nur er hatte beschlossen, alleine ganz herumzufahren.

Nach behobener Havarie fuhren wir gemeinsam weiter, erreichten schon nach kurzer Zeit den nördlichsten Punkt der Insel, von wo aus man nur wenige Kilometer entfernt über eine Meerenge die smogbedeckten Betonbauten und Häfen von Kobe und Akashi sehen konnte. Dann drehte die Küstenstraße wieder nach Süden. Schon nach weniger als zwei Stunden erreichten wir Tsuna, den Ausgangspunkt und Fährenhafen. Vollbracht war mein schnellgekeimter Wunsch, diese Insel zu umfahren, der mir Landschaft, Leute und vor allem auch neue Gefühle nähergebracht hatte. Die Freiheit inhaliert, kehrte ich spät abends in den Wirbel der Stadt zurück. In meinem Kopf war Frieden.

Mein erst begonnenes Leben im *Yutaka-biru* war aufregend und neu. Meine kleine Kammer war bewohnbar geworden. Mit Postern und einem Kalender hatte ich Farbe ins eintönige Beige und Grau meines Zimmers gebracht, ein kleines Radio sorgte für Zweisamkeit und ein Obstkorb mit überwiegend

Bananen und Ananas, das erschwinglichste Obst in den Supermärkten der Gegend, stillte meine anfängliche Unruhe, wenn ich allein im Zimmer war. Etwas später kamen noch mit Hilfe von Mieko ein alter rosaroter Fernseher, den ich auf den Kühlschrank stellte, und ein von Satokos Schwester geliehener Reiskocher dazu, und somit war meine Einpersonenidylle perfekt.

Von den vielen Leuten im Haus, die ich zu treffen erwartet hatte, sah ich anfangs nur wenige und unsere Gespräche beschränkten sich meist aufs Grüßen, welches ebenfalls oft nur einseitig von mir aus kam, selten aber erwidert wurde. Was war los in diesem Haus? Es schien, als ob auch die meisten jungen Bewohner kaum Kontakt zueinander hatten, ja geradezu anonym bleiben wollten. Zuerst hatte ich noch gedacht, dass ja viele Japaner kaum, ja die meisten nie in ihrem Leben Kontakt zu Ausländern haben und daher etwas zurückhaltend und schüchtern auf mich reagierten. Für die ersten fünf Tage war dies meine Theorie, bis ich den ersten Bewohner meines Stockwerks richtig kennen lernte und er mich über die Gepflogenheiten der Leute hier aufzuklären begann.

Ich traf Ke-san in unserem Badezimmer welches sich im ersten Stock gegenüber dem Eingang befand und von allen männlichen Bewohnern gemeinsam benutzt wurde. Mit gelben Fliesen ausgekleidet und auf der ostseitig gelegenen Außenwand mit hochgelegenen Kippfenstern belüftet, war dennoch der Wasserdampf stets zum Schneiden dick. Auf den Fliesen und am Mauerwerk des Plafonds standen kondensierte Wasserperlen wie Schweiß auf glatter Haut. An mehreren Stellen hatte sich Schimmel in verschiedensten Grau- und Blauschattierungen in bizarr verformten Kreisen ausgebreitet und schien sich täglich vorwärtszufressen. Ansonsten war das Badezimmer überaus sauber und das täglich frisch eingelassene Badewasser, das übrigens der Grund für all die feuchte Luft war, reizte zum Baden. Die Badewanne selbst war gerade groß genug für drei Leute. Sitzend ging einem das Wasser bis zu den Schultern. Noch sechs Waschplätze mit Duschen gab es im selben Raum, wo man sich zu waschen hatte, bevor man in das oft viel zu heiße Wasser stieg.

Ke-san und ich traten fast zur selben Zeit ein. Nackt und Seite an Seite saßen wir auf kleinen Plastikhockern nebeneinander vor unseren Wasserhähnen, und nachdem wir uns kurz vorgestellt hatten, hallte schon bald dröhnendes Gelächter von den Wänden zu uns zurück. Ke war außer mir der einzige Ausländer im ganzen *Jutaka-biru* und als Chinese kaum zu erkennen. Sein Japanisch schien perfekt und die schelmischen schmalen Augen, über denen dicke schwarze, zur Stehfrisur geschorene Haare zu Berge standen, ließen es mich anfangs kaum glauben, dass er kein Japaner war.

Den zweiten Mitbewohner lernte ich wenig später, als ich gerade beim Vorbereiten meines Abendessens war, in der Küche kennen. Hochgewachsen und schlaksig unter milchkaffeebrauner Haut stieß ich fast zusammen mit Takehiko-san, der einen riesigen Berg zum Himmel stinkender Wäsche durch die Tür hereintrug. Etwas überrascht, einen Gaijin vor sich zu sehen, nickte er mir nur kurz zu, und erst als er seine zwei Wochen lang angesammelte Wäsche in der Waschmaschine wusste, kam er auf mich zu und stellte sich vor. Er war etwa 23 Jahre alt und studierte Metallurgie an der Uni von Ikeda, nur unweit von hier. Sein heller Charakter und seine Aufgeschlossenheit allem Neuen gegenüber ließen uns schnell Freundschaft schließen.

Bei einem Teller Misosuppe und Reis saßen wir wenig später am Boden in meinem Zimmer und unterhielten uns prächtig über seine Probleme mit seiner Freundin. Lachend konnte ich des Öfteren sogar zustimmen. Ihn auf das abweisende Benehmen unserer Mitbewohner, ganz besonders meiner Nachbarn, ansprechend, wies er sofort meinen Verdacht auf Rassismus zurück und erzählte, dass auch er kaum gegrüßt werde. In Japan wäre es üblich, auch zwischen jungen Leuten in einer Wohngemeinschaft Anonymität zu wahren. *Henna Nihonjin!* Komische Japaner!

Als es auf Mitternacht zuging, hatten wir fast eine halbe Flasche Whisky geleert und nicht nur die Zunge war nicht mehr kontrollierbar. Wir waren heillos betrunken. Die letzten Stunden hatten wir noch auf unserem Balkon im Freien bei lauer Frühlingsluft verbracht und so hatten wir es nicht weit in unsere Zimmer. Schwer, doch überaus glücklich, meine ersten Freundschaften geschlossen zu haben, schlief ich ein.

Ke, Takehiko und ich trafen uns von nun an öfter, doch so sehr ich auch probierte, weitere Kontakte zu schließen, es schien unmöglich. Wenige Wochen später kam eines Nachmittags Ke gelaufen und erzählte von einem Amerikaner, den er gerade getroffen hatte und der ab heute hier wohnen sollte. Anfangs störte mich der Gedanke, dass ein weiterer Gaijin hier leben würde, doch Rob war keiner der üblichen Ausländer, die nur aufs schnelle Geld und Mädchen aus waren, sondern ebenfalls sehr an dem Japanischen interessiert, und meine Befürchtungen, nun ständig Englisch sprechen zu müssen, bewahrheiteten sich nicht.

Langsam wurde mein neues Heim auch von der menschlichen Seite her bewohnbar. "Yokatta."

Heiß und feucht, mit unzähligen kurzen Regenschauern und herniederbrennender Sonne dazwischen, erlebte ich zum zweiten Mal die Regenzeit in Japan. Jene Zeit Mitte Juni ist auch die Zeit des *Taue,* in welcher sich langsam die Wasser-Sammelbecken für die Reisfelder wieder füllten, mit kleinen Pflügen die Felder geackert und alsdann, überflutet mit Regenwasser, kleine, zarte und noch blassgrüne Reispflänzchen gesetzt werden.

Auch das große Reisfeld unterhalb unseres Balkons wurde bepflanzt. Im Abstand von zehn bis fünfzehn Zentimetern ruhten aufgereiht, ihre Spitzen sich kaum aus dem Wasser hebend und von Wind und Wellen umspielt, kleine grüne Pflänzchen. Überaus freute mich der Anblick sanften Grüns vor meiner Haustür mitten in der Millionenstadt und Metropole Osaka.

Meine Ausflüge in die bergreichen Gebiete von Nose und Takarazuka im Norden von Osaka weiteten sich aus, und des Öfteren musste ich Klagen von Satoko hören, wenn ich erst spät abends und hundemüde von meinen langen Rundfahrten zurückkehrte. Kaum noch ein Wochenende verbrachte ich mit ihr. Im Bann meiner neuen Geliebten aus Stahl und Draht vergaß ich tagelang meine Pflichten und nur ein Fahrrad für Satoko hätte uns in jenen Tagen der Trennung wieder zusammengebracht. Doch nichts konnte sie dazu bewegen, so ein "unnützes Ding", wie sie zu sagen pflegte, zu kaufen. Während Satoko also bei schönstem Wetter im Zimmer lag und stupide Unterhaltungsprogramme den Rest eines entspannenden Wochenendes raubten, fegte ich auf Land- und Bergstraßen zwischen Seen und entlang von Bächen und

Flussläufen der Freiheit nach.

Nie ermüdend konnte ich mich an der Natur ergötzen, ganz besonders an den vielen Reisfeldern, die terrassenförmig mit regelmäßigen Rundungen, wie Wellen in einem Teich aus Grün, an Berghängen emporwuchsen. Meist überwog noch die Farbe des lehmbraunen Morasts, in dem die jungen Pflänzchen, oft noch von Hand gepflanzt, gedeihen sollten, doch hie und da leuchtete es auch schon kräftig grün. Alte Bauernhöfe mit langgeschweiften Ziegeldächern und auf Bachsteinfundamenten gebaute zierliche Holz- und Lehmhütten, welche oft in kleinen Gruppen beisammenstanden, prägten die Landschaft. Fahrtwind, Schweiß und Impressionen ließen mich eintauchen und eins werden mit meiner Umgebung.

Nach vielen Wochen unaufhörlichen Drängens meinerseits, sich nun doch endlich auch ein Bike zu kaufen, gab sich Satoko überzeugt, und schon nach unserem ersten gemeinsamen Ausflug mit unseren Rädern nach *Minoh* war auch bei ihr nur mehr Begeisterung vorhanden, alle Zweifel getilgt. Auch ihr neuer Liebhaber hieß von jetzt an "Fahrrad".

Die Zeit verging schnell, viel zu schnell. Schon hatten die Glut des Sommers und die wechselhaften Winde des Meeres die schwere Last der feuchtheißen Frühlingsluft weggefegt und die Hitze lag nun brütend und sengend über der Stadt. Selbst während der Nächte ließ sie sich kaum vom Dunkel des Abendhimmels lindern und raubte mir viele Stunden wohligen Schlafes.

Es hatte sich eingependelt, dass ich auch samstags den ganzen Tag meinem Job, Deutsch zu unterrichten, nachging. Nicht nur Schlaf wurde mir in jenen Tagen geraubt, auch der letzte

Nerv wurde mir gezogen von einer meiner Schülerinnen, welche stets die erste meiner Stunden zu nehmen pflegte und mir um 11:00 Uhr morgens schon den Tag zu vergällen versuchte. Taki-san war knapp an die vierzig, ledig und schien, was Männer betrifft, unschuldig, ja fast feindlich eingestellt. Untersetzt und klein saß sie mir stets in unserem engen Klassenzimmer mit ihren strähnigen, zurückgekämmten, langen Haaren gegenüber und starrte mich mit ihren großen Augen hinter dickglasigen Brillen erwartungsvoll an. Sie erinnerte mich an Bilder von Eskimofrauen, die, wie sie, bullig und drollig zugleich schienen.

Taki-san liebte klassische Musik und ganz ihrem Interesse entsprechend unterrichtete sie an Mittelschulen die Fächer Musik und Geschichte. Sie selbst nahm außer meinem Deutschunterricht auch noch Gesangs- und Klavierstunden und daraus resultierte eines der Hauptprobleme, die ich mit ihr hatte. Stets, wie sie es in ihrem teuren Gesangsunterricht beim Singen von klassischen deutschen Arien und Liedern gelernt hatte, pflegte sie nämlich ihren Mund ganz besonders weit aufzumachen und somit auch beim Deutschsprechen zu atmen wie beim Singen. Auch ihre Aussprache war übermäßig betont und ihre rollenden "rrrrrr" in Wörrrtern, die feucht und auf Wellen starken Mundgeruches mir entgegen-schwebten, trieben mir des Öfteren Tränen der Verzweiflung als auch unterdrückten Lachens in meine Augen. Doch damit nicht genug, hatte sie auch die Angewohnheit, stets vor dem Sprechen ihren Kopf leicht geneigt zu halten, mit ihren Augen steil zur Decke zu starren und dabei mit weit geöffnetem Mund für gar bedenklich lange Zeit nachzudenken. Stunden ohne Ende.

So kam es, dass ich schon nach meinen ersten fünfzig Minuten eine längere Pause unbedingt notwendig hatte. Dennoch, nach weiteren zwei Stunden erst war es so weit. Wie es die Stundeneinteilung so wollte, traf es mich meist mit Simon aus New Zealand zur gleichen Zeit Mittagspause zu machen. Wir pflegten dann in der Regel in die Gourmet-Abteilung eines der größeren Kaufhäuser zu gehen, uns mit frischem Brot, Käse- und Wurstwaren einzudecken, um alles dann gemütlich bei viel Gelächter und Getratsche auf dem Flachdach im Freien eben jenes vielstöckigen Kaufhauses zu verzehren. Hoch oben, weit weg vom Straßenlärm und Stress, saßen wir dann, sahen kleinen Kindern beim Spielen zu, wenn wir gerade nicht deren attraktive Mütter und sonstige Mädchen beobachteten, und führten so die üblichen Männergespräche.

Ich mochte Simon und seine Weltanschauungen. Wenn ich auch ganz anders war, so passten wir doch gut zusammen, und oft wünschte ich mir, etwas von seinem phlegmatischen und unbekümmerten Lebensstil übernehmen zu können. Sein Motto war ganz einfach, im Heute und Jetzt zu leben, ohne lange über die Zukunft nachzudenken. Geld zerrann in seinen Händen, Sparen gelang ihm nur für wenige Monate, und auch dann schien es wieder wie im Nu verschwunden und er ohne jeglichen Yen zu sein. Sein Erfolg bei Mädchen war trotz seines abgebrochenen Schneidezahnes und seines verwegenen Aussehens groß, und nur die Schönsten und Attraktivsten waren sein. Es muss wohl an seinem Charakter und Charme gelegen haben. Ja, ich mochte ihn auch.

Weitere drei Stunden standen bevor. Eine weitere Studentin, welche ständig samstags kam, war Tokie. Auch sie war Anfang vierzig, eine Volksschullehrerin und ledig. Dennoch, ganz anders als Taki-san, war sie die Lebenslust in Person.

Stets war sie mit Jeans und Lederjacke gekleidet, liebte das Reisen in ferne Länder, und obwohl ihr Deutsch anfänglich auch noch nicht so ihrem Redebedürfnis Genüge tat, freute ich mich, und wie sie mir versicherte sie sich auch, auf unsere gemeinsamen Stunden, in denen wir neben Grammatik- und Vokabelübungen oft angeregten Diskussionen übers Reisen und Leben nachgingen.

An einem jener Samstage kam Tokie zu uns und brachte eine schriftliche Einladung zu einer Party bei ihr zu Hause. Da Rolf, Sherie und ich samstagabends stets zur selben Zeit aus hatten, entschlossen wir uns, gemeinsam dort hinzugehen. Vollbeladen mit Getränken tauchten wir etwas verspätet dort auf und waren über die vielen Leute, die sich schon dort befanden, sehr überrascht. An die zwölf Japaner, meist ledige Freundinnen von Tokie, und zwei weitere Gaijins waren bereits eingetroffen. In einem Wohnblock im obersten Stock hatte Tokie eine für japanische Verhältnisse riesige Wohnung. Die Aussicht von dort auf das Lichtermeer der abendlichen Stadt war berauschend, ebenso wie das bereitete Buffet auf jenem langen, niedrigen Tisch in ihrem Tatamizimmer.

Wir nahmen Platz und es dauerte nicht lang, bis unsere anfängliche Zurückhaltung verflogen war. Unsere Gesichter vom Alkohol gerötet, saßen wir im Schneidersitz am Boden und ließen uns von der lockeren Partystimmung, dem köstlichen Essen und den kühlen Getränken, deren Nachschub unbegrenzt schien, betäuben und verführen. Ja, Tokie wusste Partys zu feiern.

Ebenfalls gut befreundet wurde ich mit Howie, einem Amerikaner, der Anfang April angefangen hatte, auch bei OEC zu unterrichten. Wir lebten nur unweit voneinander, er in Ikeda und ich in Toyonaka, nur knappe acht Kilometer trennten uns, und da er mir eines Tages erzählte, er hätte eine Mt. Bike gekauft, beschlossen wir, von nun an des Öfteren zusammen Ausflüge zu machen.

Eine unserer ersten Touren, die wir zusammen unternahmen, wurde zugleich ein Abenteuer besonderer Art. Wir hatten von einem *Onsen* gehört, das weit hinter den Bergen des Rokko-san-Massivs in einer Ortschaft namens *Arima* liegt. Seit vielen Jahrhunderten schon als Heilquelle bekannt, hatte sich selbst Toyotomi Hideyoshi, der einstige Erbauer der Burg von Osaka vor ungefähr 400 Jahren, eben jenes Arima-Onsen als Erholungsort auserkoren.

Howie und ich hatten eine Route ausgewählt, welche uns nicht direkt und auf dem schnellsten Weg dorthin bringen würde, sondern erst wollten wir den höchsten Gipfel des Rokko-san-Massivs, den *Mt. Rokko* selbst, mit dem Fahrrad er-klimmen und alsdann auf dessen Rückseite auf kleinen Waldpfaden Richtung Arima abfahren. Von dort aus würde es dann eine Landstraße geben, welche uns nach Osaka zu-rückbringen würde. Unser Plan war festgelegt.

Eines schönen Sonntagmorgens, die schnellsteigende Sonne hatte gerade begonnen, einen herrlichen Tag aus seiner friedlichen, nächtlichen Lethargie mit harten, gleißenden Sonnenstrahlen zu erwecken, brachen wir guten Mutes auf. Es schien heiß zu werden. In unseren kleinen Hüfttaschen die wir uns umgeschnallt hatten, befanden sich ein trockenes T-Shirt, Sonnenschutzmittel, ein Windbreaker und etwas Geld.

Wir freuten uns auf die Fahrt durch die nach Zedern und Natur duftenden bewaldeten Berge, doch vor uns lagen zuerst noch über 16 Kilometer Stadt, chaotisches Straßengewirr, Ampeln, rücksichtslos stinkende Autos und Staub, um erst dann von der am Fuße von Mt. Rokko gelegenen Stadt Takarazuka aus auf schier unzähligen, sich in Täler drückenden, schlängelnden Kurven nach oben zu strampeln. Der wuchernde Wall aus Grün, der uns zu unser beider Seiten auf unserer kaum von Autos befahren Bergstraße umgab, machte all den Ärger und Stress der anfänglichen Stadtfahrt wieder wett. Das laute Rauschen eines Gebirgsbaches übertönte für einige Zeit unser Keuchen, denn wider Erwarten war der Weg steil und schien kein Ende zu nehmen. Immer wieder ging es dem Grund einiger kleinerer Täler folgend Richtung Gipfel, und erst kurz davor öffnete sich das dichte Gewächs, spuckte uns aus auf ein lichtes Plateau, gab uns in überschwänglicher Freude den Ausblick auf Kobe und das von schlierigen Föhnwolken überzogene Meer frei.

Wenig später standen wir neben dem gemauerten Gipfelzeichen, von kühlem Wind umgeben, sicher über 1000 Höhenmeter hinter uns und wissend, dass es von nun an nur mehr abwärts gehen würde. Abwärts in die weichen und liebkosenden Arme wohligheißen Wassers.

Wie besessen von diesem Gedanken ließ es uns selbst nach jenem schweißtreibenden Anstieg kaum am Gipfel verweilen, sondern schon nach kurzer Rast einem kleinen Weglein, an dessen Einstieg uns ein rostiges Schild die Kanji für Arima angezeigt hatte, folgen. Knapp unterhalb des Gipfels ging es noch steil auf lehmigem und über vom Regenwasser tief ausgewaschenen Rinnen durchzogenen Boden bergab. Nur wenige hundert Meter danach ging er aber in einen weichen, dämpfenden Waldboden über, welcher uns bis ganz hinab in die Stadt des all unsere Schmerzen und Erschöpfung vergessenlassenden Nasses begleitete. Ein beharrliches Zirpen von Grillen am Wegesrand war uns ständig gefolgt und jetzt, da wir wieder zwischen Häuser und Straßen eingekeilt waren, vermissten wir es.

Nackt spazierten wir an dampfenden Becken vorbei zur Rückseite des Raumes, wo, an der Wand aufgereiht, Wasserhähne und davor kleine Hocker mit Schüsseln zum Waschen standen. Nicht unsere Nacktheit ließ uns die heimlichen Blicke der im Wasser liegenden Männer spüren, sondern der Umstand, dass wir Gaijins waren. Überschwänglich glücklich, dass wir nun endlich hier angekommen waren, waren wir nicht gerade leise in dem nur mit andächtigem Gemurmel erfüllten Raum. Langsam aber hoben sich auch die Stimmen der anderen Leute und sie wurden zu einem ansehnlichen Brummen, in dem immer wieder die anfangs so tote Stimmung durch zaghaftes Lachen unterbrochen wurde. Vielleicht war es aber auch nur die Überraschung, zwei Ausländer zu sehen, die sie bei unserem Eintritt hatten so ruhig werden lassen.

Das Wasser war heiß, unerträglich heiß. Unmöglich erschien es uns, auch nur unsere Füße in jene heiße Brühe zu hängen. Erst auf den Hinweis eines rotkopfigen Greises, dem die Hitze nichts auszumachen schien, gelangten wir zu einem weiteren Becken, in dem das Wasser immer noch überaus heiß, jedoch erträglicher war.

Überrascht waren wir aber auch von der Farbe des Wassers. Wie wenn Eisen es rötlich gefärbt hätte, war es rostbraun und undurchsichtig matt, als ob es gerade erst aus tiefer Erde gequollen war. Mit einigen anderen Männern saßen wir dann, Rücken zur Wand und Gesicht auf die in einiger Entfernung gelegene Tür zum Umkleideraum, mit wie vom Fieber geröteten Köpfen bis zum Hals in jenem morastigen Nass. Entspannung pur.

Unwillkürlich schaute ich auf jene Schiebetür vor mir, als plötzlich eine sehr aufrechtgehende, hagere Gestalt eintrat. Kaum war mir bewusst, dass es mit einem Male totenstill geworden war im Raum, als mich rechts von mir sitzend Howie mit dem Ellbogen anstieß und flüsterte: „Yakuza!"

Und jetzt erst, da mir der eben Eingetretene den Rücken zuwies, fiel mein Blick auf dieses blaugrüne, wie ein wild gewuchertes Geschwür über Rücken und beide Schultern bis halb über die Brust gezogene, tief und lückenlos in die Haut eingefräste Tattoo. Zu weit war er entfernt, als dass ich durch den schwülen Dunst des großen Raumes hätte Genaueres erkennen können, jedoch wagte ich auch kaum, ihn für längere Zeit anzustarren. Aufrecht und selbstbewusst, ganz und gar der Wirkung seiner Tätowierungen auf die Umgebenden bewusst, ging er langsam und stolz auf eine entfernte Ecke des Baderaumes zu, wusch sich und setzte sich etwas abseits der Übrigen ins tiefe Rot der heißen Quelle. Jetzt, da sich die Gelähmtheit im Raume wieder gelegt hatte, setzte auch erneut das gedämpfte Gemurmel ein, die Situation entspannte sich.

Nie zuvor hatte ich bewusst und mit Sicherheit sagen können, wenn ich auf den Gassen des südlichen Osakas spazieren ging und dort Mafioso-ähnliche Typen auf den Straßen vor den Clubs hatte herumflanieren sehen, ob es sich tatsächlich um Mitglieder organisierter japanischer Verbrecherbanden handelte, diesmal jedoch gab es keinen Zweifel. Tätowierungen sind hier in Japan ganz eindeutig und ohne jeden Zweifel das einzige sichere Zeichen, um als Mafiosi und Verbrecher großen Stils erkannt zu werden, denn nur jenen zwielichtigen Gestalten bleibt es vorbehalten, aus alten, traditionellen Gründen ihrer Sippe, sich dadurch für immer einer der Familien zuzuordnen.

Natürlich trägt auch so mancher modebewusste junge City-freak ein kleines Tatoo auf seinem Oberarm, großflächige Bilder aber lassen sichere Schlüsse auf düstere Verbindungen zu.

Wir verließen den dampfenden Saal, ließen uns von großen Ventilatoren im Umkleideraum trocknen und kehrten mit wohligdumpfer Wärme in unseren Gliedern, den Schweiß und die Müdigkeit abgeschüttelt, zurück ins helle Nachmittags-licht.

Noch standen uns knappe 30 Kilometer größtenteils leicht abschüssiger Autostraße bevor, und da wir vorhatten, auf einigen mir schon von einem anderen Ausflug bekannten Felsen etwas klettern zu gehen, bestiegen wir unsere eisernen Esel, um erst, nachdem wir für viele hundert Meter wieder mühsam einen steilen, zwischen filigran wirkenden Holz-häusern eingekeilten Weg nach oben geklimmt waren, mit Leichtigkeit durch süßlichwürzige Waldluft auf leicht ab-schüssiger Fahrbahn nach unten zu ziehen.

Durch ein lang gezogenes Tal erreichten wir nach knapp 30 Minuten Fahrt das Gebiet von *Horaikyo* und erkannten schon von weitem jene bizarre und durch die Erosion von Wind und Wasser so abstrakt geformten spitzen und runden Türme der Sandsteinlandschaft vor uns.

Das rote Gestein in der flimmernden Luft der glutigen Nachmittagshitze war porös und bereits nach dem Erklimmen des ersten 14-Meter-Turmes verloren wir den schweißtrei-benden Spaß daran. Vielmehr reizte uns ein Bad im klaren Gebirgsbach, welcher sich frisch plätschernd zwischen jener kraterhaften und geschundenen Umgebung schlangenhaft wand. Immer wieder entstanden, von ein bis zwei Meter

hohen Absätzen unterbrochen, kleinere Wasserfälle, in deren
sich darunter gebildeten Becken wir uns liegend, rauschendes
Wasser über unseren Köpfen, am kühlen Frisch ergötzten.

Die vielen Stunden an jenem Tag mit Howie hatten uns
nähergebracht, unsere Freundschaft bestärkt. Ich mochte ihn
und seine Art, wie er zu reden pflegte. Er wirkte beruhigend
und war mir im Wissen über das Leben und es richtig genießen zu können weit voraus. Die vielen Unterhaltungen und
Diskussionen auf unseren zahllosen Ausflügen mit dem Rad
in die Berge taten mir wohl, beeinflussten sehr meine Gedanken und Einstellung zur Welt. Etwas älter als ich hatte er
in Amerika als Manager einer mittelgroßen Firma schon
Karriere gemacht und, um nach Japan zu kommen, einfach
alles aufgegeben. Ganz war mir nicht klar, ob der Grund nicht
auch seine gar nicht lange zurückliegende Scheidung war.
Jedenfalls darüber wollte er nicht sprechen. Was es auch
immer war, ich war froh, ihn getroffen zu haben.

Von all den Leuten, die ich in meinen Jahren in Japan kennen
gelernt hatte, waren es Howie und Simon aus New Zealand,
die mich am stärksten beeindruckt und beeinflusst hatten, und
auch heute noch, viele Jahre danach, kann ich mich nur an
wenige Leute in meinem Leben entsinnen, die so wie diese
beiden auf mich gewirkt hatten. Vermutlich lebten sie den
Ausdruck jenes Teils des Lebens, der mir fehlte. Die Sorglosigkeit.

10. KAPITEL

Mein Leben ging in einem leichten Rhythmus, wie von Wellen auf- und abgeschaukelt, zügig voran. Außer einigen mehr oder minder wilden Partys ereignete sich nichts während jener heißen Sommermonate. Mein Leben im Yutaka-biru war angenehm und meine Freundschaft mit Ke-san, Takehiko und Rob gedieh ausgezeichnet, ebenso wie die Reispflanzen unter meinem Fenster, die inzwischen im lehmigen Morast Fuß gefasst hatten und kräftig, fast schon 80 Zentimeter himmelwärts gesprossen waren. Wenn sich nachmittags meist die heiße Luft etwas in Bewegung setzte und Wind über die Felder strich, zogen Wogen von silbergrauen bis dunkelgrünen Schattierungen über das satte Grün der weiten Fläche. Wie angenehm war es dann, am Balkon zu sitzen, abgeschirmt von jeglichen Sorgen, und den Tag wie vom Wind verblasen an sich vorübergehen zu sehen.

Lange schon hatte ich von Gilles nichts mehr gehört. Im Frühjahr war er nach Tokyo gezogen, um dort in einer Handelsfirma Erfahrungen zu sammeln, und gerne hätte ich ihn wiedergetroffen. Es kam, dass gerade zu Beginn meiner kurzen Sommerferien von meiner Japanischschule Ishu-san anrief und vorschlug, doch für einige Tage nach Tokyo zu fahren, um Gilles zu besuchen. Schnell war Gilles verständigt und noch am selben Tag saßen wir im Shinkansen, dem Hochgeschwindigkeitszug nach Tokyo.

Im Grunde verspürte ich gar keine Lust, in jene stinkende und chaotische Stadt zu reisen und noch weniger dort herumzulaufen, um nichtssagende Bauwerke zu besichtigen, denn das hatte ich ja alles schon in Osaka, nur eben viel kleiner, doch traf es sich gut. Mit einem Treffen mit Gilles kombiniert, würde es erträglicher werden.

Die Wiedersehensfreude war groß. Schlanker war er geworden, fast hager schien er unter seiner lose herabhängenden Kleidung zu sein. Für meine Frage, ob es wohl der Stress oder die Verausgabung für seine neue Freundin sei, hatte er nur eine wegwerfende Handbewegung übrig, sein Schmunzeln aber verriet es.

Schon vor meiner Abfahrt in Osaka hatte ich es geahnt. Diese Stadt lag mir nicht. In jenen drei Tagen, die wir dort verbrachten, konnte ich mich nicht auch nur im Geringsten mit ihr anfreunden. Tokyo-Bahnhof selbst ist riesig und anfangs unüberschaubar, das Netz der U-Bahnen gleich einem Labyrinth, einem abstrakten Bild aus dutzenden verschiedenfarbigen Linien in chaotischer Anordnung.

Gilles führte. Drei Tage lang irrten wir umher, gingen abends aus in Shinjuku, dem Vergnügungsviertel, sahen Tokyo-Tower, der hoch über der Stadt thront, gingen spazieren in der Ginza, dem teuersten und exklusivsten Einkaufsgebiet, sahen Museen im Park von Ueno und aßen zu Abend im Stadtteil von Shibuya, dem Einkaufsgebiet und Zentrum vieler Restaurants für junge Leute.

Trotzdem, im Vergleich zur Größe und Unüberschaubarkeit der Stadt, aus der es nur nach stundenlanger Fahrt mit Auto oder Zug ein Entrinnen gibt, scheint Osaka ein kleines Dorf zu sein, so hatte ich den Eindruck.

Trotz der lustigen Zeit mit Gilles atmeten wir auf, als Ishu und ich endlich wieder im Zug nach Westen saßen. Wir waren zufrieden, hatten wir doch eine lustige Zeit mit Gilles verbracht und nebenbei auch noch die stickige Stadtluft Tokyos geschnuppert und erfahren. Ich beneidete ihn gar nicht um

162

sein Leben dort und war froh, das Gedränge und die Gefangenschaft in der Stadt hinter mir gelassen zu haben. Obwohl ich keine speziell schlechten Erfahrungen gemacht hatte schwor ich mir: „Tokyo – nie wieder!"

Der regenarme und überaus heiße Sommer jenes Jahres hatte seinen Höhepunkt Mitte August erreicht, gerade zur Zeit der nationalen Sommerfeiertage *Obon*. Die meisten der japanischen Einfamilienhäuser sind luftig kühl aus Holz und Lehm gebaut, mit zugigen Milchglasfenstern. Mein kleiner Bunker jedoch aus reinstem Stahlbeton, steril und sauber, sog die Hitze des Tages wie ein Schwamm in sich auf, um sie abends abzugeben an die nur kaum kühlere Luft draußen. Meine rostige kleine Kühlanlage im Zimmer lief auf Hochtouren und war selbst dann noch nicht imstande, Sieger über die allgegenwärtige Hitze zu werden.

Die ersten gemeinsamen Ferien mit Satoko seit langer Zeit eilten auf uns zu. Nur noch wenige Tage hatten wir Zeit, einen Plan zu erstellen, doch stand es fest, dass wir Osaka in Begleitung unserer Fahrräder verlassen würden. Doch wohin? Schon seit Monaten hing ich über Landkarten von Inseln in der näheren Umgebung und suchte Küstenstraßen, welche uns vorbei an kilometerlangen Ständen und Steilküste, durch verschlafene kleine Fischerdörfer und pittoreske Landschaften führen würde. Das stille Japan, das wahre Leben auf dem Lande, reizte mich, und ich wollte es kennen lernen.

Ideen hatte ich viele, alle wollte ich verwirklichen, doch eine Woche Urlaub ließ leider nur Zeit für einen Trip. Jede einzelne meiner Routen durchdachte ich mit allen Für und Wider, und wie immer in Situationen der Wahl, quälte mich die Macht der Entscheidung. Auch Satoko wollte mir nicht helfen und schien gar nicht begeistert von der Idee, sich von ihrem Fernseher trennen zu müssen.

Mein ursprünglicher Plan war gewesen, an das Japanische Meer zu fahren und entlang der Küste von Echizen, von der Stadt Tsuruga aus bis nach Tojimbo im Norden des Distriktes von Fukui, zu fahren. Aber insgesamt nur 160 Kilometer waren ganz einfach zu wenig für eine Woche Urlaub. Dennoch, diese Tour reizte mich sehr, hatte ich die Idee doch von Steve, einem Kanadier, der ein Buch über Fahrradtouren in Japan schrieb, als eine der landschaftlich schönsten beschrieben bekommen.

Weiters hatte ich noch Routen auf der Halbinsel Wakayama, südlich von Osaka und Shikoku, geplant gehabt. Ausschlaggebend aber für meine Entscheidung, keine jener Touren zu machen, sondern in ein ganz anderes Gebiet zu fahren oder vielmehr zu fliegen, waren zwei Umstände, deren Zusammentreffen mich unvergessliche Tage erleben lassen sollte.

Wieder einmal war eines Abends Takehiko mit einer schon über die Hälfte geleerten Whiskyflasche in der einen und Fotos von seinem letztjährigen Urlaub mit seiner Freundin im südlichen Kyushu in der anderen Hand in meinem Zimmer aufgetaucht. Schnell war mit einer meiner vielen Landkarten die anhand seiner vielen Fotos eindrucksvoll geschilderte Route belegt und seine Bilder von Palmen und türkisem Meer, tropischen Sonnenuntergängen und endlosen Küstenstraßen überzeugten mich, dass dies auch ein Urlaub nach meinem Geschmack wäre. Als ich dann am nächsten Tag spät morgens, aber immer noch schlaftrunken durch Umeda zu einer meiner Deutsch-Privatstunden unterwegs war, sah ich in den Auslagefenstern eines Reisebüros ein Angebot über günstige Flug-Restplätze nach Miyazaki auf Kyushu. Nach einem kurzen Telefongespräch mit Satoko schlug ich, ohne noch viel zu überlegen, zu und kaufte zwei Tickets in den Süden.

Wie hatte sich Satoko doch geschämt, als wir beide mit unseren Fahrrädern, dem Zelt und den Schlafsäcken, den dicken Unterlagsmatten und unserem sonstigen Gepäck am Flughafen "Itami" auftauchten. Das allein wäre ja immer noch nicht so schlimm gewesen, da wir aber unsere Fahrräder zerlegen und irgendwie verpacken mussten, war mir der Gedanke gekommen, doch ganz einfach große schwarze Plastik-Müllsäcke dafür zu verwenden. Das Ganze mit braunem Klebeband großzügig fixiert, war es ganz und gar hässlich anzusehen, erfüllte aber seinen Zweck. „So etwas macht man ganz einfach nicht in Japan", wie sie mir ständig kopfschüttelnd vorhielt. Fast wäre dort schon unser Tun in Streit ausgebrochen, noch bevor wir überhaupt Osaka verlassen hatten, als wir aber alles eingecheckt hatten und Satoko es nicht mehr sehen musste, beruhigte sie sich wieder.

Der Flug war angenehm kurz. Schon gegen 9:00 Uhr morgens standen wir endlich mit all unserem Gepäck in der Ankunftshalle des kaum belebten Flughafens von Miyazaki. Die Leute hier waren sicher weniger den Anblick von Gaijins gewohnt und so ging mir schon nach kurzer Zeit das ständige Angestarrtwerden schrecklich auf die Nerven, zum Teil waren es wahrscheinlich aber auch die Hitze und der Stress, welche mir das Zusammenbauen der Fahrräder bescherte. Endlich aber war alles zusammengesetzt, unser Gepäck auf den hinteren Trägern unserer Räder verstaut. Es konnte losgehen.

Die uns bevorstehende erste Etappe unserer fünftägigen Reise ging laut meinen Unterlagen in eine der schönsten Gegenden hier im südlichen Kyushu. Vor uns lagen über 60 Kilometer des an der Küste gelegenen staatlichen Naturschutzparks, des

Nichinan-kaigan.

Kaum das Gebiet des Flughafens verlassen, eröffnete sich auch schon die Weite des Meeres, die am Horizont unserer Fahrtrichtung in leicht ansteigende, sanftgrüne Hänge überging. Einer wunderschönen Allee aus kurzstämmigen Palmen mit buschigen, aber filigran gegliederten Fächerblättern entlang folgten wir in leichtem Auf und Ab der sich schlängelnden Küstenstraße und hatten schon bald Reisfelder und die letzten Bauernhäuser hinter uns gelassen.

Unerbittlich heiß brannte die morgendliche Sonnen auf uns nieder, und nur etwas landeinwärts waren kleine, wie grasende Schafe am Himmel stehende Haufenwölkchen zu sehen, welche etwas Schatten und Erleichterung hätten spenden können.

Dafür aber wehte ein leichtes Lüftchen von der See. Es brachte verschiedenste Düfte mit sich. Wohl am eindringlichsten war der Geruch von Seetang, der, an den Strand und die Klippen gespült, jetzt in der Sonne sein Odore verbreitete und uns in Schwaden umhüllte. Weit liebevoller umkoste uns der Duft von Meeressalz, der nie aufdringlich, doch stets präsent war. Zu ihm gesellten sich noch allerlei andere teils betäubende Düfte von feuriggelben Büschen, die des Öfteren die Straße säumten, violetten Glockenblumen und sonstigen unzähligen Schönheiten der Pflanzenwelt.

An einem Kakteenwald, welcher weite Flächen eines Hügels überzogen hatte, machten wir Halt, staunten über das undurchdringliche Bollwerk aus fleischigem, dicht mit Stacheln besetztem Gestrüpp, und während wir im Schatten einiger der teils über zwei Meter hohen Pflanzen Zuflucht vor der Sonne suchten, ließen wir uns fallen in die Welt der Eindrücke.

Nur wenige Meter von der uns gegenüberliegenden Straßenseite entfernt, ging es schon abwärts zu den Klippen und Riffen, die unter uns, von gleichmäßigem Wellenschlag liebkost, schroff und wild zu uns heraufschauten. Zwischen ihnen leuchteten das sonnendurchflutete Wasser und die darunter liegenden Korallen in Aquamarinblau, Flaschengrün und gleich daneben in dunkler, geheimnisvoller Tiefe. Nur die leicht gekräuselte, weiße Gischt der Pazifikwellen unterbrach hie und da jene Harmonie der Farben.

Am immer noch sehr frühen Nachmittag erreichten wir, von Sonne und Wind durstig geworden, einen Platz, genannt *Ao-shima*, die blaue Insel. Jenes Mekka der japanischen Flitterwöchner ist ein Muss für jeden Frischvermählten, der in dieser Gegend die noch trügerisch glücklich erscheinenden Tage einer jungen Ehe zu genießen versucht. Ein wenig hatte ich mich gesträubt vor diesem Ort, denn jegliche Touristenansammlungen waren mir stets ein Graus, unweigerlich aber hatte uns die Küstenstraße, der wir folgten, dort hingeführt. Überraschend wenige der hinter bunten Fahnen tragenden Gruppenführern herlaufenden Leute waren zu sehen an jenem Tag, doch die vielen Geschäfte und Souvenirständchen zeugten davon, dass sich die Ansässigen im Raubbau der Tourismuslandschaft auskannten. Ein fast unnatürlich schön gepflegter und asphaltierter Weg führte vorbei an Geschäften mit aufgeblasenen Fischhäuten von Fugus, kitschigen Skulpturen aus zusammengeklebten Muscheln, polierten Schildkrötenpanzern in verschiedensten Farben und sonstigem Krimskrams, hinunter an den hellgelben Strand und schließlich weiter über eine aus Schwemmsand gebildete Landbrücke zur eigentlichen atollartigen und dicht mit Palmen bewachsenen Insel. Links und rechts von jenem natürlichen Übergang war lange noch kein Wasser, sondern durch die Ebbe bloßgelegt, lag eine in geradlinigen Reihen verlaufende und gleichmäßig schroffe und gezackte Felsformation. Sie erinnerte an eine früher oft beim händischen Waschen von Wäsche benutzten Waschrumpel und daraus folgte das gleichbedeutende japanische Wort "*Oni no sentaku iwa*", "des Teufels Waschrumpel".

Wir umrundeten zu Fuß jenes flache Atoll, und etwas enttäuscht über diese so berühmte Sehenswürdigkeit verließen wir hurtig die Burg der modernen Seeräuber und Touristenfallen und machten uns auf den Weg weiter südwärts. Glücklich, entkommen zu sein.

Für die nächsten Kilometer waren endlich wieder Friede, Harmonie und endlose Ruhe unsere Freunde, und erst nachdem wir einen kleineren Berg erklommen hatten, lag vor uns, tief an die Klippen geschmiegt, das nächste unserer Ziele, der *Udojinguu Tempel*.

Im Zeichen der Fruchtbarkeit waren auch hier hauptsächlich Pärchen zu beobachten. Auf feinem Kieselsteinboden wanderten wir unter grell orange leuchtenden Toren shintoistischen Ursprungs in einer Art Tunnel, dessen steil abstürzenden Klippen durch ein ebenfalls orangebemaltes Geländer begrenzt auf einer Seite und die üblichen Ständchen, welche Glücksbringer, Spielzeug, Phallussymbole verschiedenster Arten und andere Fruchtbarkeitssymbole, Glöckchen und Schellen an bunten Fäden und Geflechten, Täfelchen aus Holz mit eingravierten Sprüchen und vieles mehr an unbrauchbarem Ramsch feilboten, auf der anderen Seite, Richtung Meer. Tief unten in einer Grotte weitere Symbole der Fruchtbarkeit, eine riesige Brust aus Fels, aus welcher ständig Wasser floss, natürliche Phallussymbole aus Stein und irgendwo waren auch noch deren geschlechtliche Gegenteile in den phantasievollen Gesteinsformationen zu erkennen. Lustig war es, die Leute zu beobachten, wie sie unter Gemurmel und Gebeten, aber auch Schreien und Gelächter, zuvor gekaufte Opfergaben über die Klippen warfen. Meine damaligen Wünsche waren weit von Fruchtbarkeit und Kindersegen entfernt. Wir verließen jenen so freundlichen Platz. Auf dem Fahrrad fühlte ich mich wohl.

Erst am späten Nachmittag hatte die Sonne ihre letzten Strahlen ausgesandt und schien mit wuchtigen, violetten Regenwolken, welche weit im Westen aufgezogen waren, zu kämpfen. Immer wieder hatte sie uns während der letzten halben Stunde zugeblinzelt, sich schließlich aber im Kampf mit den Boten des Regens und dem Ende des Tages geschlagen geben müssen. Und jetzt, da sich das trübe Grau der Abenddämmerung mit dem am scheinbar greifbar nahen Horizont aufgezogenen drohenden Burgen aus Regenwolken vermischt und vereinigt hatte, waren auch Satoko und ich unserem Ziel nahe.

Wir hatten unsere erste Destination, einen leergefegten Campingplatz weit südlich von Miyazaki, erreicht. Sehr abseits und direkt am Meer gelegen, war das Heer der Touristen unerklärlicherweise ferngeblieben. Indes wurden wir aber belagert von einer schier unzähligen Macht von Zikaden, Grillen, Käfern, und von einem nahe gelegenen Sumpfgebiet hatten sich auch Frösche eingefunden, um uns mit ihrem betäubenden Gesang beim Zeltaufbau anzufeuern.

Wie ein wildes Tier war die Nacht mit ihren dunklen Schatten über uns hergefallen. Im Nu hatte Dunkelheit uns verschlungen.

Noch einmal mussten wir auf unsere Räder. Im nahe gelegenen Fischerdorf schien das einzig offene Lokal nur auf uns gewartet zu haben. Wir kehrten ein, aßen *Aji no shioyaki*, gegrillten Fisch mit Reis und Misosuppe.

Noch intensiver waren die Lock-, Balz- und Freudenrufe der Insekten und Kreaturen um uns geworden, und wie ein Schlaflied wiegten sie uns in einen schweren, traumreichen Schlaf. Ich träumte von unendlichen Küstenstraßen, riesigen Frauenbrüsten, an denen sich Priester in safrangelben Kutten labten, Kakteen und schillernden Meerestiefen.

Kühles Grau empfing uns und den nächsten Tag. Es dauerte einige Zeit, bis sich das gedämpfte, matte Licht auch bei uns im Zelt breit gemacht hatte. Schließlich war es allgegenwärtig. Dampf stieg auf von den Wiesen vor unserem Zelt. Es roch frisch, nach Erde und Grün, die Stille war nur durchbrochen von einsamem Vogelgesang.

Trotz früher Stunde brachen wir nach kärglichem Frühstück auf. Noch hatte es nicht zu regnen begonnen und wir wollten heute so weit wie möglich vorwärtskommen. Dennoch, kaum fünfzehn Kilometer weiter setzte leichter Nieselregen ein. Anfangs waren wir noch überzeugt, wir könnten weiter, doch immer größer und schwerer prasselten die Himmelstränen auf uns herab, benetzten zuerst unsere Haare und Kleidung, schließlich aber brachen wir durchnässt unsere Fahrt am Bahnhof eines kleinen Ortes namens *Taninoguchi* ab.

Anfangs hatten wir vorgehabt, bis nach *Ibusuki*, der südlichsten Halbinsel vom Nichinankaigan, zu fahren, entschlossen uns aber, mit dem Zug unsere heutige Etappe hinter uns zu bringen. Stickig war es im Abteil, fast altmodisch schien der Zug und ebenso wirkten die wenigen Leute, die heimlich zu uns schielten, den Kopf schüttelten oder uns keines Blickes würdigten. Ich spürte, es waren gute Leute, nur eben den Anblick eines durchnässsten und verschwitzten

Gaijins in bunter Kleidung, mit buntem Gepäck und noch dazu mit Fahrrad im Zug nicht gewöhnt.

Nach unserer Ankunft in *Shibu-shi*, wo es immer noch in langen Strichen regnete, gaben wir unsere Weiterfahrtspläne auf, nahmen uns ein Zimmer in einer kleinen Pension im Zentrum des Ortes, stiegen in ein heißdampfendes Bad und verbrachten schließlich den restlichen Tag mit Fernsehen und Schlafen.

Auch der nächste Morgen bescherte nichts Neues. Dennoch, entspannt und gewillt, weiterzufahren, nutzten wir die Gunst der frühen Morgenstunden, in denen es nicht regnete, und fuhren los. Wir mussten weg von der Küste, um die Halbinsel *Oosumihanto*, von *Shibu-shi* nach *Kamuro-shi,* zu überqueren. Weite Felder mit kräftig schwarzer Lößerde wechselten sich mit unkultiviertem Brachland ab, vereinzelt tauchten willkürlich in die Landschaft gestellte Häuser auf, hie und da rasten wir durch kleine Dörfer. Es regnete immer noch nicht. Wir freuten uns, doch als ob es der Gott des Regens gehört hätte, sandte er uns seine Truppen und Bataillone von Wassertropfen entgegen. Wir kämpften, doch Oberhand gewann der Feind über uns, drang in unsere Kleidung, durchnässte unsere Schuhe, fraß sich langsam vor bis auf unsere Haut und trieb uns Tränen in die Augen.

Endlich hatten wir das Binnenmeer, welches sich von der Spitze der Oosumi-Halbinsel bis nach Kagoshima und Sakurajima erstreckt, erreicht. Waren bis jetzt Nadelwälder und Reisfelder im letzten Abschnitt vor der Küste unsere ständigen Nachbarn gewesen, so waren jetzt, da wieder Salz und Meer die Vegetation des Küstenabschnittes regierten, Palmen und üppiges Pflanzenwerk zu sehen.

Gerne wären wir eingekehrt, doch einsam und verlassen

schien die Gegend. Weiter.

Unaufhörlich prasselte der Regen, Gegenwind peitschte uns ins Gesicht, das Auf und Ab der Steilküste mischte Schweiß zum Regen auf unsere Haut, unsere Nerven schwanden. Immer wieder trieb ich Satoko an, wir kamen vorwärts. Schon wollte sie sich endgültig ihren Tränen ergeben, als endlich rechts vor uns auf steiler Klippe ein kleines Restaurant auftauchte. Niedrig, wie eine Baracke mit rostigem Wellblechdach, sah es gar wenig einladend aus. Auch drinnen, schmutzig mit Essensresten auf den Tischen. Wir registrierten es kaum.

Laut schlürften wir den öligen Film von der in hohen Schalen gereichten Nudelsuppe, schlangen die dicken, fleischigen Udon-Nudeln gierig hinunter und durch die Wärme von innen kehrte Müdigkeit in unsere Glieder.

Noch einmal brachen wir auf, glitten auf Sturzbächen die Küstenstraße hinab und erreichten endlich ein kleines Dorf, wo wir Unterkunft fanden in einem *Minshuku*, einer kleinen privat geführten Pension.

Zwei Schwestern führten den Betrieb. Mit leichtem Sommerkimono bekleidet, die schon etwas angegrauten Haare streng zurückgestrichen und am Schopf zu einem Knäuel zusammengebunden, war es die Ältere, die uns Einlass gewährte. Triefend nass und unordentlich vom Wind und Schweiß hatten wir Angst, abgewiesen zu werden. Das wurden wir nicht. Im Gegenteil. Gar mütterlich bewirteten uns die beiden, wiesen uns ein geräumiges Zimmer zu, brachten alte Zeitungen, die wir in die Schuhe stopften, um das Wasser aufzusaugen, ließen uns ein heißes Bad ein und boten uns wohlriechend grünen Tee mit einer sehr japanischen Süßigkeit, einem geleeartigen Stück roter Bohnenpaste, an. Unsere

Müdigkeit, das wohltuende Bad und der aromatische Duft der noch etwas grünen Tatamimatten im Zimmer wiegten uns in einen nachmittäglichen tiefen Schlaf.

Leicht an die weißbespannte Schiebetür pochend, weckte uns die Jüngere mit hoher, doch überaus sanfter, fast kindlicher Stimme und hieß uns zum Abendessen.

Der Speiseraum war noch leer, doch an die dreißig Gedecke lagen bereit. Die Pension schien ausgelastet. Auf niedrigen Tischen war angerichtet mit schweren verschiedengeformten Tontellerchen, mit hölzernen Stäbchen in weißen Papierhüllen und tönernen zarten Teetassen. Auf gelblichen, schon etwas glattgeschürften Tatamimatten nahmen wir Platz. Trotz meiner inzwischen schon recht langen Zeit in Japan hatte ich mich immer noch nicht ganz an das Sitzen und Speisen am Boden gewöhnen können. Meine Beine schienen einfach zu lang. Kaum hatte ich sie unter den niedrigen Tisch geschoben, schon drückte es mich und ich wollte den Schneidersitz einnehmen. Doch dachte ich schon, gemütlich zu sitzen, da schliefen mir die Füße ein, und wieder musste ich Position wechseln. Auch schien es, also ob die Speisen in meiner gekrümmten Sitzhaltung einfach nicht so leicht meinen Schlund hinunter wollten, als wenn ich aufrecht saß.

Wiederum war es die jüngere der beiden Schwestern, die auf einem Tablett dann endlich unser heißersehntes Abendessen an unseren Tisch brachte. In schwarz-roter Lackarbeit waren wunderschön die mit einem kleinen Deckelchen abgedeckte Schale mit Misosuppe, eine noch leere Schale für den Reis und auf zwei kleinen eckigen Tellerchen wie immer als Zuspeise, buntes *Tsukemono*, eingelegtes Gemüse, angerichtet. Weiters gab es als Vorspeise jeweils einige Stücke *Amaebi*, rohe, zart geleeartig glänzende geschälte Shrimps, welche süßlich schmeckten und als eine Spezialität gelten, eine große Meeresschnecke mit Gehäuse, genannt *Sazae*, die mit Sojasauce gegrillt und einem kleinen Holzstäbchen herausgezogen wurde, und noch einige Schnitten matten, weißlichen *Sashimis*. Schwarze Sojasauce mit grünlichem, geriebenem Meerrettich rundete den hervorragenden Geschmack ab.

Die Hauptspeise selbst wurde am Tisch gegart. In zwei mittelgroßen Keramiktöpfen waren große Blätter von weißlichem Kohl, verschiedenerlei anderes Gemüse, zwei braune Kappen aromatische Pilze und eine Unmenge dünn geschnittenes, fein mit Fett durchzogenes Rindfleisch.

Kleine weiße Petroleumwürfel wurden von unserer Wirtin unter jene Töpfe gesetzt und angezündet, und während sie es tat, hatte ich Zeit, ihr nicht unschönes Gesicht genau zu mustern.

Ende dreißig schätze ich sie, jedoch ihre Haut war straff und glatt wie die eines Kindes. Etwas rundlich passte das sich kaum aus ihrem Gesicht abhebende Kinn mit einer knapp dahinter liegenden Doppelfalte gut dazu. Ebenso unauffällig war die etwas fleischige, doch sehr wohl nicht unschön geformte Nase. Die Attraktion ihres Gesichtes aber bildeten die überaus gleichmäßig geformten Lippen, deren obere etwas größer schien und in deren Mitte sich eine leicht spitz zulaufende Erhöhung befand. Leichtes, dunkles Pink eines besonders in den Winkeln nur unsauber aufgetragenen Lippenstiftes betonten noch jene zarte Eigenheit.

Dunkel, fast schwarz, erahnte ich unter den nicht mehr als zu Sehschlitzen geöffneten Augen ihre Blicke. Flach war ihr Profil, es passte alles harmonisch zueinander. Ja, sie musste früher überaus schön gewesen.

Sie verließ uns. Wir speisten.

Auch der nächste Morgen empfing uns ohne Sonnenschein, jedoch hatte es aufgehört zu regnen und etwas gelichtet hatten sich die tiefhängenden Wolken vom Vortag. Die noch feuchten Sportschuhe waren anfangs kalt, hatten aber bald unsere Körperwärme angenommen und dampften genauso wie die kräftig grünen Felder, durch die wir weiter südwärts radelten. Nur wenige Kilometer waren es bis Oonetomi-shi, dem Fährenhafen, der die einzige Verbindung schien zwischen den beiden Stiefeln des südlichen Kyushus. Da wir noch über eine Stunde Wartezeit bis zur Abfahrt der Fähre hatten, befuhren wir die schlammigen Wege zwischen den Reisfeldern, umkreisten eine kleine, verschlafene Siedlung mit Bauernhäusern und entfernten uns ein wenig von der Küste. Beneidenswert jene Leute die hier lebten, die den Schmutz und die stinkende Luft der Großstädte, den Stress und den Lärm nicht kannten.

Das Rotbraun des Rostes der große Blasen unter den Lack der weiß und grün bemalten Fähre gezogen hatte, sah aus wie blutende Wunden und das Dröhnen des Horns beim Verlassen des Hafens klang wie das letzte Aufschreien eines zu Tode getroffenen Wales. Ächzend und leidend durchschnitt die Fähre die anrollenden Wellen und schob sich vorwärts

Auf der anderen Seite ging es weiter südwärts. Eine schmale Landstraße zog sich über die tiefschwarzen Lößfelder, die Landschaft schien weiter, freier, das Klima milder als nur wenige Kilometer entfernt auf der anderen Seite des Meeres. Die weltgeschichtlich noch junge Landschaft dort hatte ganz eindeutig vulkanische Ursprünge, einige kleinere Krater, dampfendheißes Wasser, das an einer Ecke aus einem Brunnen schoss, und Schilder, die einluden zu heißen Quellen und Bädern, zeugten davon. Und über ihr wachte in der Ferne der Vulkankegel des *Kaimondake*.

Bei einem besonderen dieser Onsen kehrten wir ein. Es war ein so genanntes *Tennen-sunamushi-onsen*. Nackt, nur in einen dünnen Stoffmantel gewickelt, gingen wir an den Strand, wo Leute bereitstanden, Gruben im dunkelgrauen Sand aushoben und unsere Körper darin begruben. Wohlig warm, fast heiß, ließen wir uns dämpfen von der Hitze aus dem Schoß der Erde. Ganze neun Minuten hielt ich es aus. Satoko, von Kind auf an die täglichen heißen Bäder zu Hause gewöhnt, blieb über zwanzig Minuten.

Am frühen Nachmittag erreichten wir einen recht belebten Campingplatz auf der *Nagasakibana*, der südlichsten Spitze der Satsuma-Halbinsel. Wir saßen dann vor unserem Zelt, blickten durch die Palmen auf die bunten Blumenfelder in der Ferne, hörten das Gekreische der Affen aus dem nahe gelegenen Park. All die Leiden des Vortages waren vergessen, die Sonne schien.

Unser vorletzter Tag brach an. Das Orange des bevorstehenden Sonnenaufganges überspannte den Himmel, ging gleichmäßig in weißlich graues Hellblau über und verdrängte schließlich das tiefe Blau des Nachthimmels. Früher als sonst brachen wir unser Lager ab, denn noch weit über hundert Kilometer standen uns bis zum Flughafen von Kagoshima bevor.

Der erste und überaus schönste Abschnitt jenes Tages führte uns zuerst die Küste entlang, dann auf die steilen Hänge des Vulkankegels von *Kaimondake*, welchen wir hoch oben auf gänzlich von Autos unbefahrener, teils roher Naturstraße umrundeten. Der Ausblick von dort auf das Meer und die grüne Küste, der uns ständig begleitende Gesang von Vögeln und einfach das Gefühl, von leichtem Seewind getrieben, wie schwebend zu Zweit durch die Landschaft zu gleiten, sind wohl die tiefsten Eindrücke jener Radrundreise bis heute geblieben. Starkes Fernweh erwacht stets in mir, wenn Erinnerung an jene unvergesslichen Momente in mir aufflackert.

Landeinwärts ging es weiter Richtung Norden, vorbei an *Ikeda-ko*, einem See, an dem wir kräftig orange *Satsumaimo*, süße Kartoffeln, am Ufer sitzend aßen, weiter durch hügelig bewaldete Landschaft, bis wir wieder auf jene Meeresstelle stießen, welche wir tags zuvor überquert hatten.

Schmutzige Strände, immer mehr Häuser und aufkommender Verkehr zeugten vom Näherkommen menschlicher Zivilisation. Kagoshima nahte. Ständig hatten wir nur einen Gedanken im Kopf: Heute so weit wie möglich zu kommen, um am nächsten Tag unsere Maschine zurück nach Osaka noch zu erreichen. Ohne Pause radelten wir nordwärts, mit wundgescheuertem Hinterteil vom Sitzen, ziehenden Schmerzen in den Beinen, ausgetrockneter Kehle und sonnenverbrannten Hand- und Armrücken. Kagoshima-Stadt und der ihr gegenüberliegende aktive Vulkan auf *Sakurajima* blieben nur wie ein vorbeizischender Schatten in unserem Gedächtnis als wir spät abends hundemüde in einem kleinen Wäldchen im Norden des Binnenmeeres zum letzten Mal unser Zeltlager aufschlugen. Auch hier fanden wir ein Onsen, aßen und fielen schwer in unsere Schlafsäcke. Traumlos war die Nacht.

Und doch. Ende eines Traumes, Osaka begrüßte uns am nächsten Tag.

11. KAPITEL

Immer schon fasziniert hat mich das Unergründliche des Meeres, seine in den Tiefen verborgenen Geheimnisse, sein Reichtum und seine Kraft, die mir zu erahnen nur offen bleiben. Wie sehr gleichen sich doch die zwei japanischen Kanji für Mutter und Meer. Erst in der Neuzeit mit modernen Theorien belegt und erklärt, hatten vor Tausenden von Jahren, als jene Zeichen in China und den Hochkulturen Asiens kreiert wurden, die Menschen erkannt, dass alles Leben seinen Ursprung darin findet.

Und gerade deshalb befriedigt es mich, meinen Abgang aus meinem gelebten Traum von Japan auf einem Schiff zu vollbringen. Langsam zu entschwinden, ohne die scharfe Kante, den Abriss eines Filmes durch das plötzliche Entfernen in einem Flugzeug in meine Erinnerung gekerbt, sondern von einer Welle zur anderen ihrer zu entgleiten, macht den Abschied süß. Doch ist es wirklich ein Abschied? Nie und nimmer. Abschied für mich kann nur eine örtliche Trennung sein. Meine Erinnerung wird immer bei mir sein.

Auch bin ich nicht allein. Mit mir ist Satoko und wie schon seit vielen Jahren schwimmen wir auch diesmal vorwärts unserer neuen Insel entgegen.

Meinen Entschluss, aus Japan zu scheiden, hatte ich kurz nach meiner Rückkehr aus Kyushu gefällt. Ich selbst, so in den Rhythmus des Lebens vertieft, hätte es vielleicht noch viele Jahre fortgesetzt in jenem mir so lieb gewordenen Land, doch das Drängen von Satoko, die es längst wieder in die Ferne zog, und die Einsicht, dass mein Leben viel zu sehr aus Alltag zu bestehen begann, waren der Anstoß für meine Entscheidung.

In der Tat wurden meine Ideen langsam viel zu sehr vom Geldverdienen bestimmt. Immer noch ging ich zur Schule. Meine Japanischkenntnisse waren inzwischen ganz stattlich geworden. Das Polieren der sprachlichen Feinheiten in der Oberstufe meiner Schule schien kein Ende zu nehmen und würde es wohl auch nie. Stets hatte ich nur für meinen Lebensunterhalt und für die teuren Schulkosten gearbeitet, doch ich bereue es nicht. Die Sprache war der Schlüssel zur Tür, zum Verständnis der japanischen Denkweise und Kultur. Jetzt stand sie offen. Ohne sie wäre die Einfältigkeit meiner Gedanken wohl nie durchbrochen worden. Es wurde Zeit auszubrechen aus der Gleichmäßigkeit des Lebens, wie schon einmal.

Dennoch ließ ich mir noch über ein Jahr Zeit. Es gab viel, das ich erleben, fühlen, wissen wollte. Meine Freundschaft mit Simon und Tim hatte sich vertieft, die Grillpartys am Flussufer des *Yodogawa* waren heiß wie die Hochsommernächte selbst.

Auch zu Hause mit den Freunden aus meiner Wohngemeinschaft gab es Partys, welche, vom herben Duft der blühenden Reisfelder unter uns begleitet, tiefe Eindrücke in mir hinterlassen haben.

In jenem vergangenen Herbst und auch im darauf folgenden Frühjahr konnte ich noch einige meiner vielen geplanten Fahrradtouren verwirklichen, so zum Beispiel fuhren Satoko und ich für einige Tage der Küste von *Echizen* am Japanischen Meer entlang, fuhren um die Halbinsel von *Wakayama* und auch die Insel *Awaji* lockte von Neuem. Glücklich und leicht hatte ich das vergangene Jahr verlebt.

Noch einmal erlebte ich *Oshougatsu*, das Neujahrsfest, sah

die Kirschbäume blühen, feierte *Hanami* mit Herbert und viel Reiswein, durchfuhr das Land während des *Taue*, hörte die *Semi* singen, sah den Reis wachsen und roch sein Odor.

Ich durchlebte noch einmal den trostlosen Stadtwinter, das blühende Frühjahr und den geliebten heißen Sommer. Doch dann, plötzlich, war die Zeit des Abschiednehmens gekommen. Ich kann nicht gerade sagen, dass ich glücklich war, als ich zusammen mit Satoko mein mir so geliebt und vertraut gewordenes Zimmer im Yutaka-biru auszuräumen begann. All die kleinen Erinnerungen, die vielen Fotos und Bilder an den Wänden, die Stapel von Landkarten und Büchern, einen bedeutenden Abschnitt meines Lebens, warf ich in große Pappschachteln, bis dass mein Zimmer wieder leer und kahl aussah, traurig, als hätte nie jemand dort gelebt. Es tat weh zu wissen, dass es die letzten Nächte dort für immer sein würden. Eigentlich hatte ich schon Tage vor meinem Verlassen ein Gefühl von Einsamkeit verspürt. Es war, als sähe ich mich selbst wandeln in den Gängen des Hauses, in meinem Zimmer auf dem Bett liegen, Briefe schreiben. So sehr ich mir auch vornahm, mir alles noch einmal vor meinem Verlassen einzuprägen, es wollte mir nicht gelingen. In meinen Gedanken war ich vermutlich schon weit weg, nur mein Herz zögerte, hing an den Erinnerungen und vor allem an meinen Freunden dort, welche ich natürlich auch zurücklassen müssen würde.
Der Tag des Abschieds kam. Etwas Schweres schien in meinem Hals zu stecken, machte die letzten Worte gar nicht leicht. Takehiko, Rob, Ke-san, Hideo, die Mädchen, sie alle waren gekommen. Umarmungen, Händeschütteln, letzte Augenblicke. Aus – Erinnerung.
Weitaus unschwerer war mir der Abschied von meiner Japa-

nischschule gefallen. Schon Mitte Juli hatten die Sommerferien begonnen, und somit war mein Abschied in der allgemeinen Ferienstimmung untergegangen. Ich war froh darüber. Natürlich wäre ich gerne noch länger dort geblieben, denn es würde immer etwas geben, um an meinem Japanisch zu feilen, doch zwei Jahre ununterbrochen jeden Tag zur Schule zu gehen hatten mich abgestumpft. Es war genug.

Noch um einiges leichter fiel mir mein letzter Arbeitstag bei OEC. Es war ein langer Samstag. Simon und ich waren wie üblich zur Mittagszeit auf das hohe Flachdach des Hankyu-Kaufhauses gegangen, tranken unser Bier, aßen wie jeden Samstag unser Baguette mit Käse, sahen im dortigen Spielpark kleinen Kindern und ihren Müttern zu und erzählten auch wie stets lustige Geschichten aus unseren Unterrichtsstunden. Um 6:00 Uhr abends war es endlich so weit. Es war gar nicht anders wie jeden Tag. Ich erhielt mein wöchentliches Gehalt in einem Kuvert, schwatzte noch für einige Zeit mit Nicki und Linda, musste mir eine lange Geschichte vom geschwätzigen Oliver anhören, wie immer seine naiven Fragen beantworten, dann war auch das vorbei. Noch ein Bier mit Simon. Good bye.

Der wahrlich letzte Tag war gekommen. Tags zuvor hatte ich noch einige Pakete, mein Fahrrad und einen Koffer mit der Post per Schiff zurück nach Europa geschickt. Nur mein großer Rucksack, wenige T-Shirts, abgeschnittene Jeans und Sonstiges, das ich für meine lange Heimreise noch brauchen würde, lagen verstreut in meinem alten Zimmer im Hause der Familie Nakau. Ich war zurückgekehrt, um Abschied zu nehmen, und das Wissen, nun für immer Adieu zu sagen zu meinem geliebten Leben, zu all den tausenden Leuten täglich in den U-Bahnen und Bahnhöfen, die ich so hasste und welche ich jetzt doch vermissen würde, und zu meiner neuen, lieb-gewordenen Heimat Japan drückte schwer auf mein Gemüt. Nur der Gedanke an meine bevorstehende Reise, welche ich zusammen mit Satoko an meiner Seite unternehmen würde, brachte meine traurigen Gedanken etwas ab und mischte das süße Gefühl von Fernweh mit der bitteren Wirklichkeit des Abschieds.

Schon viele Monate zuvor hatte ich in langen Nächten mit Rob, in denen wir über auf dem Boden ausgebreiteten At-lanten saßen, Routen durch Süd-Ost-Asien und ganz beson-ders China planten und von noch nicht mit Touristen ver-seuchten Abenteuern in nicht ganz so fernen Ländern ge-träumt, mir vorgenommen, dass der Schritt zurück in meine alte Heimat nur in Etappen und auf vielen Umwegen erfolgen sollte. Wir wussten, dass wir es getrennt angehen würden müssen, trotzdem träumten und planten wir gemeinsam.

Meine vielen Freunde aus China und ganz besonders Ke-san, mein Mitbewohner, hatten mich auf den Geschmack von China gebracht, und es stand fest, dass dies mein erstes Land sein würde, das ich von Japan aus bereisen würde. Zurück zur einstigen Hochkultur China, den Ursprüngen der heutigen japanischen Kultur und ihren Bräuchen, in das Land, das in den Zwanziger- und Dreißigerjahren dieses Jahrhunderts von den japanischen Truppen beraubt und geschändet, alsdann in die Hände der Kommunisten gefallen und von Mao Tse Tung in den Sechziger- und Siebzigerjahren an seiner Spitze be-herrscht, regiert und tyrannisiert wurde. Jetzt, noch vor dem Sieg des Sozialismus über den Kommunismus, noch bevor die freie Marktwirtschaft des Westens mit Cola und Hamburgern die jahrtausendealte Esskultur der Chinesen zerstört hatte und die Gier nach westlichem Geld und Macht dieses Land noch tiefer stürzte, war der Zeitpunkt gekommen, es zu bereisen. Anhand von Shanghai, dem Tor zum Westen, und seiner rasanten wirtschaftlichen Entwicklung lässt sich erahnen, welche Revolution dieser Nation noch bevorstehen wird. In jenes traditionelle China wollte ich.

Wie immer hatte sich Satoko recht wenig am Planen der Reiseroute beteiligt, von Anfang an stand es aber für uns beide fest, dass wir dies nur gemeinsam angehen würden. So war es gekommen, dass auch Satoko ihrer Arbeit den Rücken zukehrte, ihren Rucksack packte und wir zusammen aufbrachen. Unser gemeinsames Ziel war schlussendlich wieder Europa. Meinen Träumen von China konnte sie ja noch recht gut folgen, weiter aber über Taiwan, Hongkong, Indonesien, Malaysien, Thailand und Indien zu träumen war doch etwas zu viel für sie, zumindest für den Anfang. Ich wusste, dass das Geld reichen und unsere Zeit fast unbegrenzt war, und so lag es nur an Satoko, das Träumen zu erlernen, und an uns, es zu vollbringen.

Auch der letzte Abend hatte etwas Melancholisches an sich, etwas Endgültiges. Satokos Eltern taten mir irgendwie leid, denn hatten wir es auch nicht bewusst erwähnt, so wussten sie doch, dass für die nächsten Jahre ein Wiedersehen eher unwahrscheinlich war.

Mieko zauberte wie immer ein hervorragendes Abendessen mit all unseren Lieblingsspeisen auf den Tisch, und als wir mit "*kanpai*" uns zugeprostet und gegessen hatten, saßen wir noch bis spät in den Abend um den niedrigen Tisch im Wohnzimmer auf den Tatamimatten und unterhielten uns. Viel habe ich Mieko und Yoshinobu, den Eltern von Satoko, zu verdanken, und obwohl ich mich als erwachsen und selbständig bezeichnen möchte, habe ich doch stets das Gefühl von

183

elterlicher Geborgenheit und Zuneigung bei ihnen gespürt. Es war sicherlich nicht leicht für sie, mit einem Gaijin und noch dazu dem Freund ihrer Tochter für über ein Jahr unter einem Dach zu leben, ihn zu akzeptieren, wie sie es taten, und ganz besonders ihn zu rechtfertigen vor den Nachbarn und ihrem konservativen Getratsche.

Von Kobe ging die Fähre, welche uns nach Tenjin, einer großen Hafenstadt am ostchinesischen Meer, nicht unweit von Beijing, bringen sollte. Wir hatten gut gepackt und hatten so, neben unseren großen Rucksäcken, nur noch den Reiseproviant in einer kleinen Tasche, als wir Toyonaka verließen. Mieko war wie so oft früh morgens aufgestanden, um unsere Jause zuzubereiten.

Unser endgültiger Abschied verlief rasch. Wenn auch mir die Abschiedsworte nur schwer aus dem Munde kamen und die Bewegtheit meines Herzens sicher nicht unverborgen geblieben war, so rührte mich umso mehr noch die Szene der Verabschiedung von Eltern und Tochter. Trotz ihrer Endgültigkeit für viele Jahre gab es weder Umarmungen noch Händeschütteln. Unüblich dies zu tun, siegte es über die Bande und Gefühle der Familie. Traurigkeit – sie vergeht.

Durch das dichte Grün des Gartens, seine orangeblühenden, langstieligen Glockenblumen zur Rechten, die bunt-herabhängenden Pelargonien auf der Mauer zu unserer Linken, vorbei am weißlackierten Eisengatter, hinaus. Ein letzter Blick zurück – Mieko und Yoshinobu winkend vor der Haustür – *Sayonara!*

Jetzt, da wir auf dem Deck der leicht schaukelnden Fähre stehen und sich die mit Algen bewachsene Hafenmauer langsam entfernt, verspüre ich endlich wieder Frieden in mir.

Es fällt mir schwer zu glauben, dass all das Erlebte, die Freuden und Ängste, Depressionen und Höhen, Freundschaften und Lebensrhythmus, all das Erreichte und Geschaffene in meiner Zeit in Japan jetzt ein Ende haben soll. Wie das Ende eines Filmes stehen meine letzten zweieinhalb Jahre vor mir, lassen mich in meiner Erinnerung sehen mich selbst als Schauspieler vor einer riesigen Kulisse auf der Bühne des Lebens.

Die Welt war eng, als ich Europa verließ, und jetzt, da ich wieder nur einen kleinen Teil ihrer geschnuppert habe, werden mir ihr Reichtum und ihre Größe noch bewusster. Nicht allein das Geographische, sondern die Weite der gedanklichen, menschlichen und kulturellen Welt und sie zu erfassen mit meinen Gedanken und Worten, sie zu greifen und zu fühlen, all das zu sammeln und zu speichern, bis dass der Tod es wieder von mir nimmt, soll mein Lebenswerk sein.